황현산의

현대시 산고

황현산의

현대시 산고

ㄴㄴ> <ㄷㄴ

책을 펴내며

나는 오래전부터 시에 관해서, 특히 한국의 현대시에 관해서, 논문도 비평도 아닌 글, 양쪽 모두이면서 어느 쪽도 아닌 글, 내가 읽은 시들이 저절로 말하는 것 같은, 그래서 말이 말을 이어가는 것 같은 그런 글을 쓰고 싶었다. 그 욕망에서 이 연재를 시작하지만, 필경 내가 쓰는 글이 내 희망대로 이어지지는 않으리라는 것을 나는 글을 쓰기도 전에 짐작한다. 나는 또다시 내게 유리한 자료들을 들이댈 것이며, 옳고 그름을 따질 것이며, 내 말이 져야 할 책임을 두려워하며, 하고 싶은 말을 다 하지 못할 것이다. 어쩔 수 없는 일이다.

시는 우리를 해방시키는데, 이제 시를 우리에게서 해방시키기 위해서는 거기에 합당한 희생을 치러야 할 것이다. 그렇더라도 이 연재에 두서가 없으리라는 생각을 하면 유쾌하다. 여기도 더듬어보고 저기도 찔러보는 일이 자칫 시간의 엄연한 질서를 허물기도 하겠지만, 이 기율위반을 탓하지 않을 만큼 시간은 충분히 너그럽다고 생각하기 때문이다. 만해나 소월은 없어진 사람들이 아니며, 저 고인들의 역사를 제 역사로 여기지 않는 젊은이는 젊은이가 아니다. 시가 가르쳐준 바에 따르자면 그렇다.

2012년 여름

황현산

* 2012년 『문예중앙』 여름호에 연재를 시작하며 밝힌 저자의 의중을 이 자리를 빌려 가져왔다.

차
례

이육사의 안 좋은 시들 1

이육사가 남긴 시들은 많지 않다. 조국이 광복을 맞은 다음 해인 1946년에 그의 유작으로 한 권의 시집을 묶어야 했던 사람들도 애절한 마음 한구석에 난감한 심정이 없지 않았던 것 같다. 스무 편의 시를 찾아내어 『육사 시집』을 간행하면서 신석초, 김광균, 오장환, 이용악 등 네 사람이 그 첫머리에 연명으로 붙인 「서序」에는 "다만 안타까이 공중에 그린 무형한 꿈이 형태와 의상을 갖추기엔 고인의 목숨이 너무 짧았다"는 말이 적혀 있다. 시집의 「발跋」에서 시인의 아우 이원조는 같은 말을 더욱 간절하게 쓰고 있다. "그가 천년天年을 마칠 수 있는 행운만 받았더라도 이 이십 편의 시작詩作만으로 그의 유업이 되지는 않았을 것을 생각하면 실로 뼈아픈 일이다." 그러나 이 작은 시집은 「광야曠野」를 비롯해 「절정絶頂」 「교목喬木」 「꽃」처럼 앞으로 더 많은 세월이 흘러가도 시간의 어둠 속에 묻혀버리지 않을 시편들을 담고 있다.

저 네 사람의 말은 이원조의 말과 마찬가지로 육사가 남긴 시의 질이 아니라 그 양에 관한 안타까움의 표명인 것이 분명하지만 어느 정도는 그 '시적 정취'의 미진함에 대한 에두름으로 오해될 수 있는 측면이 없지 않다. 실제로 육사의 시에 붙인 적잖은 평문에서 그의 몇몇 '안 좋은' 시편들을 변호하는 말끝에 이와 비슷한 아쉬움을 걸어두는 것이 거의 관습이 되어 있는 것이 저간의 사정이다. 게다가 이 관습의 말들은 육사의 좋은 시와 관련하여 그 훌륭함을 드러내기 위해 사용하는 말들과 표리를 이루고 있기에, 일종의 희생제의를 준비하는 절차가 되기도 한다. 이를테면, 의기 높은 지사로서 올곧은 선비의 삶을 살았던 그의 "대표작들은 극한 상황을 부각시키는 선명한 이미지, 비장하고 남성적인 어조, 미래에 대한 견실한 희망, 절제된 형식과 호방한 기상 등을 갖추고"[1] 있다고 말하고 나면, 곧바로 여타의 작품들이 감상에 치우치거나 모호한 분위기에 자주 의존하게 된 이유를 저 극도로 처절했던 시대에 그 지사적 삶이 짧고 불행할 수밖에 없었던 데서 찾게 된다. 그러나 육사의 '안 좋은' 시들이 특별히 감상적인지, 이들 시편이 그의 대표작들보다 더 모호한지에 대해서 별다른 검토가 있었던 것 같지는 않

1) 이남호 해설, 「이육사와 『육사 시집』」, 이남호 엮음, 『육사 시집』, 열린책들, 2004, 57쪽.

다. 분명한 것이 있다면 그것은 그의 대표작들을 설명할 때 어김없이 따라붙는 '지사적'이라거나 '호방한 기상' 같은 말을 여타의 시에는 적용하기 어렵다는 것뿐이다. 이 점에서 '안 좋다'는 말은 육사의 지사적 이미지를 성립시키는 데에 도움이 되지 않거나 오히려 방해가 된다는 뜻으로 이해하는 편이 더 나을지 모르겠다. 육사의 여러 시들이 육사의 기개에, 그러나 너무 협소하게 이해된 기개에, 눌려 있는 것이다. 그 시들을 다시 읽을 필요가 있다. 우선 감상적 성격이 가장 두드러지는 것으로 치부되는「연보年譜」부터 읽는다.

"너는 돌다리목에서 주워왔다"던
할머니 핀잔이 참이라고 하자

나는 진정 강언덕 그 마을에
버려진 문바지였는지 몰라?

그러기에 열여덟 새봄은
버들피리 곡조에 불어 보내고

첫사랑이 흘러간 항구의 밤
눈물 섞어 마신 술 피보다 달더라

공명이 마다곤들 언제 말이나 했나?
바람에 부쳐 돌아온 고장도 비고

서리 밟고 걸어간 새벽길 위에
간肝 잎만 새하얗게 단풍이 들어

거미줄만 발목에 걸린다 해도
쇠사슬을 잡아맨 듯 무거워졌다

눈 위에 걸어가면 자욱이 지리라고
때로는 설레이며 파람도 불지[2)]

마음의 상처를 노래하는 시이니 감상적이라고 말할 만도 하다. 그러나 문제는 상처가 아니라 그것을 이용하는 방법일 것이다. 시의 주제는 일견 소박하다. 시인은 어쩌다 들른 고향에서 안주하지 못하고 쫓기듯 다시 떠나야 하는 사람의 심사를 말하고 있다. 시인은 저의 신세가 고향과 집을 두고도 의지가지

---

2) 이육사의 시를 인용할 때는 대체적으로 박현수가 그의 『원전주해 이육사 시전집』(예옥, 2008)에서 확정한 '원전'에 따랐지만, 필자와 의견이 다른 경우에는 필자의 생각에 따라 교열하였다.

없는 사람의 그것과 같으니, 자신이 돌다리목에서 주워온 아이이며, 강언덕 마을의 문바지였다는 핀잔이 그럴듯하다고 생각한다. 우리의 할머니들이 흔히 입에 담았던 이런 식의 짓궂은 농담은 소심하고 예민한 아이들에게 위협적이지만, 때로는 자기 존재의 본질적인 문제를 최초로 성찰하는 계기가 되기도 한다. 운명적으로 문밖의 사람인 시인은 필경 사람들이 흔히 역마살驛馬煞이라고 부르는 액운에 자신이 시달리고 있는 것은 아닌지 묻고 있다. 육사는 독립운동에 몸을 바쳐 풍찬노숙을 마다하지 않았으며 시인된 자로 인간 심정과 말의 기미를 염탐하고 세상의 이치를 꿰뚫어 알려고 애썼지만, 형식적으로만 본다면 그의 삶은 저 유랑 악극단이나 곡마단 사람들의 처지와 다를 바가 없다. 비감한 시인은 그래서 저 악극단 사람들이 부름직한 노래를 자기도 부르면서 제3연과 제4연을 쓴다. 이어지는 시구 "공명이 마다곤들 언제 말이나 했나"는 공을 세워 이름을 떨치겠다는 생각이 그의 마음속에 있다는 뜻이 아니다. 온갖 고투를 다하였지만 독립투사로서도 문사로서도 아직 이룬 것이 없다는 소회를 넌지시 표현한 것일 뿐이다. 그다음 연의 "간肝 잎만 새하얗게 단풍이 들어"는 논란의 여지가 많지만 두 가지 해석이 가능하다. 애절한 심정에 간장이 나뭇잎처럼 마르는 것 같다는 말일 수도 있고, 그를 오랫동안 괴롭혔던 지병에 대한 암시일 수도 있다. 육사는 지금 마음이 슬픔에 젖고 육신이 피폐

한 가운데 서리를 밟고 새벽길을 가고 있으니, 제7연이 말하는 것처럼 "거미줄만 발목에 걸린다 해도/쇠사슬을 잡아맨 듯 무거워"지는 것은 어쩔 수 없는 일이다. 그러나 어떤 사슬도 그의 발걸음을 막지는 못한다. 시인은 슬퍼하는 인간이지만 또한 의지의 인간이다. 「절정」의 마지막 시구 "겨울은 강철로 된 무지갠가 보다"의 황홀한 의지와 맞물리는 이 비감한 의지는 시의 마지막 연에서 미래에의 희망을 향해 열린다. "눈 위에 걸어가면 자욱이 지리라고"를 쓰면서 육사는 서산대사가 읊었다는 시 踏雪野中去 不須胡亂行 今日我行跡 遂作後人程를 염두에 두었을 것이 분명하다.[3] 눈 위에 처음 내놓은 발자국은 뒤에 오게 될 사람의 길이 된다. 시인은 지금 길이 없는 자리에 길 하나를 만들고 있다는 자부심에 "설레이며" 깊은 슬픔 속에서도 마음을 고양해 줄 곡조 하나를 흩날리고 있다. 그래서 이 마지막 연은 길이 없는 벌판에 물길을 내는 강물을 본받아 "가난한 노래의 씨를" 뿌리며 뒤에 올 새로운 인간들의 노래로 결실할 것을 기대하는 시 「광야」와 상통한다. 시인 육사가 그 감정이 극히 저하되고 육체의 힘이 거의 핍진한 처지에서 읊었을 「연보」는 겉으로 보기에는 감상적이지만, 그 속뜻을 짚어보면 비장하다.

---

3) 이에 관해서는 이미 박현수가 동일한 의견을 개진했다. 박현수, 같은 책, 90쪽 참조.

수만호 빛이라야 할 내 고향이언만
노랑나비도 오쟎는 무덤 위에 이끼만 푸르러라

로 시작하는 「자야곡子夜曲」도 1996년도의 수능에 출제되기 전까지는 널리 알려지지 않았던 시이다. 이 시에 대해 유종호는 육사의 유작 중에서 아마도 그의 "현실 의식이 가장 잘 드러나 있는 작품"[4]일 것이라고 썼다. 이 시에 대해 거의 모든 것을 말해주는 원로 비평가의 글을 좀더 길게 인용하자.

'자야'란 '한밤'을 뜻한다. 이육사는 당대 현실을 한밤중인 자시子時라 간주하고 있다. '수만호水曼胡'는 '수마노水瑪瑙'라고도 하는 아름다운 광택이 있는 석영으로 홍, 흑, 백 세 가지 빛깔을 띤다. 아름답게 빛나야 할 고향이지만 지금은 노랑나비도 오지 않는 무덤일 뿐이라는 뜻이다. 단 두 줄로 당대의 식민지 현실을 압축해서 보여주고 있는데 그것이 긴 여운을 남긴다. 이 작품이 별로 언급되지 않은 것은 수만호의 뜻을 몰라 선뜻 거론하기가 부담스러웠기 때문이라고 생각된다.[5]

유종호는 "수만호의 뜻을 몰라"라고 점잖게 말하고 있지만,

4) 유종호, 『한국근대시사』, 민음사, 2011, 270쪽.
5) 유종호, 같은 책, 같은 쪽.

육사의 시를 오늘날의 철자법으로 바꾸어 출판한 여러 종류의 보급판 『육사 시집』이나 입시용 참고서들이 거의 모두 "수만호"를 "수만∨호"로 표기하고 있는 사실을 이 근면하고 세심한 비평가가 몰랐을 리 없다. '수만호'는 국립국어원에서 발간한 『표준국어대사전』에도 등재된 낱말이며, 박현수의 『원전주해 이육사 시전집』도 이를 같은 뜻으로 설명하고 있다.[6] 모국어에 대한 오만이 모국어에 대한 직관을 보장해주지는 않는다. 이를 '수만∨호'로 표기한 사람들은 이 시의 첫 시구를 아마도 '한밤에도 수만 가정의 불빛으로 휘황해야 할 내 고향은'으로 이해하였을 것이다. 평자들이 이육사의 '안 좋은' 시들을 대하는 태도가 자주 이와 같다. 한편 「자야곡」에는 뒷부분에 이런 시구도 들어 있다.

바람 불고 눈보라 치쟎으면 못살이라
매운 술을 마셔 돌아가는 그림자 발자취 소리

숨 막힐 마음속에 어데 강물이 흐르뇨
달은 강을 따르고 나는 차디찬 강맘에 들리라

6) 박현수, 같은 책, 149쪽.

"바람 불고 눈보라 치쟎으면 못살이라"에 관해서는 현실의 마지막 가능성까지 부정된 상황에서 바람과 눈보라를 삶의 필연적 조건으로 여기고 표랑을 불가피하게 승인하는 역설적 표현이라는, 거의 모든 연구자가 받아들이고 있는 설명이 매우 그럴듯하다. 그러나 내 의견은 다르다. 육사는 이 시구와 다음 시구를 귀걸치기로, 그것도 올려걸치기로 연결하고 있다.[7] 이 귀걸치기를 무시하고 이 두 시구를 다음과 같이 다시 써놓으면 그 뜻이 분명해진다.

바람 불고 눈보라 치쟎으면
못살이라 매운 술을 마셔 돌아가는 그림자 발자취 소리

거의 모든 날에 바람이 불고 눈보라가 치기에, 어쩌다 쾌청한 날을 만난다 해도 사람들은 평온을 되찾아 희망을 그러모으기보다 '못 살겠다' 소리치며 매운 술을 마시고는 어두운 그림자를 끌고 돌아간다. 다시 말해서, 바람 불고 눈보라가 치지 않는 날에는 인간의 마음이 끝내 그 악천후를 대신한다. 희망도

7) 필경 한시의 영향일 터이고, 시구의 길이를 엇비슷하게 맞추기 위한 배려일 터이지만, 육사는 귀걸치기 기법을 자주 썼다. 책장을 넘기면서 눈에 띄는 대로만 열거해도, 「해조사海潮詞」의 제2연, 「소공원」의 제2연, 「연보年譜」의 제2연, 「소년에게」의 제1연, 「교목喬木」의 제3연, 「독백」의 제5연에서 명백한 귀걸치기를 발견할 수 있다.

하나의 연습이다. 좌절의 땅에서는 그 연습이 불가능하다. 그래서 이어지는 시구는 질식하여 죽어가는 정신에 강물로 표현되는 새로운 기운의 흐름을 바랄 수 없는 정황에서 어떤 방법으로든 마음을 다지려는 시인의 결의를 표현한다. 달은 강을 따르기만 하는 것이 아니라 강심에 비쳐 있기도 하며, 강에 비칠 때 차가운 달은 그 기운이 더욱 차갑다. 시인은 이 달을 본받기로 한다. "강맘"은 여러 평자들이 해석하는 것처럼 '강심江心'을 풀어 쓴 말일 것이다. 그러나 물리적 장소를 나타낼 뿐인 '강심'과 말 그대로 '강의 마음'인 "강맘"은 다르다. '강심'을 '강맘'으로 바꾸는 육사는 강의 냉엄한 기운 속에 들어가 정신을 다시 곧추세우겠다는 의지의 표현이 강에 몸을 던져 자진하겠다는 뜻으로 오해될 것을 염려하였을 터이다. 육사의 시에 하나 이상의 의지를 동반하지 않은 슬픔은 없다.

냉엄한 의지까지는 아니더라도, 냉엄한 기운은 육사가 옥사하기 한 해 전에 쓴 「서풍西風」에도 스미어 있다. 이 역시 자주 언급되지 않는 시편이다.

서리 빛을 함북 띠고
하늘 끝없이 푸른 데서 왔다.

강바닥에 깔려 있다가

갈대꽃 하얀 위를 스쳐서.

장사壯士의 칼집에 숨어서는
귀양 가는 손의 돛대도 불어주고.

젊은 과부의 뺨도 희던 날
대밭에 벌레소릴 가꾸어놓고.

회한悔恨을 사시나무 잎처럼 흔드는
네 오면 불길할 것 같아 좋아라.

상강 이후에 부는 서풍은 겨울의 도래를 알리는 바람이다. 제1연은 서풍의 성질과 근원을 말하고, 제2연부터 제4연까지는 그 진행과정에 대한 서술이며, 마지막 연인 제5연은 복잡한 성격을 지닌 이 서풍에 대한 시인의 소회를 담고 있다. 서풍은 찬 기운을 담고 하늘의 청결함이 극진한 곳에서부터 불어온다. 이 단련된 찬 기운으로 바람은 "갈대꽃의 하얀 위"로 지칭되는 순결한 길을 달릴 수 있다. "장사壯士의 칼집에 숨어서는"—장사의 손에 들리는 날에는 피바람을 불러일으키겠지만, 때가 아닌 지금은 그 칼집에 숨어서, "귀양 가는 손의 돛대도 불어주고"—시인 자신의 처지가 그러하듯 의에 목말라 외로운 나그네가 된 자를 은밀히 격려하고, "젊은 과부의 뺨도 희던 날"—인습적 도덕률에 묶여 인종의 세월을 보내는 자를 위해, "대밭의 벌레소릴 가꾸어놓고"—생명의 노래를 준비하여 또하나의 세상에 또하나의 윤리가 있음을 알게 해주며, 서풍이 불어온다. 서풍이 불어오면 한 해가 저문다. 그래서 서풍은 또 한 세월을 이룬 것 없이 보냈다고 통탄하는 자의 회한을 흔들어 그를 두렵게 한다. 평온하다고 여겼던 삶이 실제로는 평온하지 않음을 깨우쳐 알려주는 서풍은 그렇게 삶의 평화를 깨뜨리고 나태한 마음을 불안에 빠뜨리기에 "불길"하지만, 혁명가 시인은 또한 그 때문에 서풍을 "청포를 입고 찾아"올 손님의 전령처럼 맞아들인다. 이 시에서 육사의 냉엄한 의지는 "장사의 칼집에 숨어" 있듯 숨어 있지만, 그 숨은 의지의 긍지와 자신감은 명백히 드러난다. 「절정」의 "매운 채찍"도 이 겨울바람의 채찍이며, 「광야」의 "지금 눈 내리고"의 눈도 이 서풍 끝에 내리는 눈이며, 거기 씨 뿌리는 "가난한 노래"도 가장 차가운 바람에 심신을 단련한 자의 노래이다. 육사는 겨울의 시인이다.

(2012년 『문예중앙』 여름호)

이육사의 안 좋은 시들 2

이육사는 겨울의 시인이다. 「청포도」를 제외한다면 이육사의 '좋은 시들'에는 주제로건 배경으로건 어김없이 '겨울'이 등장하며, '안 좋은 시들'에서도 때로는 명백하게 때로는 은근하게 이 겨울이 끼어들어와 의외의 깊이를 만들어낸다. 겨울이 처음부터 육사의 시를 지배하고 있었던 것은 아니지만, 습작기적 모색의 흔적이 보이는 작품에도 어떤 방식으로건 겨울이 나타난다. 겨울의 냉엄한 이미지는 그의 짧은 시력과 함께 발전하였다. 그가 남긴 시들을 발표 연대에 따라 정리하면, 1940년 이후 북경 형무소에서 옥사할 때까지 쓴 시들과 1930년대에 쓴 시들 간에는 무엇보다도 이 겨울의 강도, 그 시적 능동성의 강도와 그 이미지가 발휘하는 선명성의 강도에 차이가 있다. 이 특징은 무엇보다도 1940년도에 발표된 작품들에 경향이 다른 시편들이 혼재해 있어서 그 경계가 무디어지긴 하지만, 그가 원고의 상태로 남긴 미발표작에 대해서는 거기 나타나는 겨울 이미지의 치열성에 따라 그 집필 시기를 추정하는 일이 전혀 불가능한 것은 아니다. 「광야」와 「꽃」은 이원조나 박훈산의 술회가 없더라도 옥사 직전에 썼던 작품이 분명하며, 「나의 뮤즈」나 「해후邂逅」는 신석초의 증언이 없더라도 1930년대의 작품임을 부인하기 어렵다. 그러나 비범한 의지의 표현에서 다소 멀리 떨어진 것처럼 보이는 이들 시편도 저 칼날 같은 계절의 냉엄함과 완전히 무관한 것은 아니다. 식민지의 시인이며 운동가였던 육사는 자기 안에서 솟구치는 시적 열정을 인식하면서 동시에 겨울의 이미지를 발견하였다. 그 둘이 다른 것이 아님을 그는 이내 알아차렸으며, 그것이 육사의 재능을 결정하였다.

「아편鴉片」은 1938년 11월, 『비판』지에 발표되었던 작품으로 그 제목과 내용이 퇴폐적으로 이해되어 육사의 시작품에 대한 평가에서 편한 자리를 차지하기 어려웠다. 육사가 문우들과 더불어 "한창 밤거리를 싸다니며 술타령을 하던 때"의 작품이라는 신석초의 증언[1]은 이 작품을 위대한 시인의 일시적 외도의 기록으로 치부할 수 있는 기회를 만들어주었다. 그런데 이 시는 오직 퇴폐적인가. 벌써 30년도 더 전에 김인환은 이 시에서 다른 것을 읽었다. "이 시에서 우리는 죄를 무서워하지 않고 죄의 본질을

1) 신석초, 「李陸史의 人物」, 『나라사랑』 1974년 가을호

올바르게 파악해서 받아들이고 있는 육사의 태도를 엿볼 수 있다. 신체가 짓는 허물은 용서받을 수 있으나 식민주의를 옹호하는 '생각의 허물'은 용서받을 수 없다고 믿은 것이 육사의 신념이었다."[2] 이 뛰어난 해석에 주목하며 시의 전문을 읽어보자.

나릿한 남만南蠻의 밤
번제燔祭의 두렛불 타오르고

옥돌보다 찬 넋이 있어
홍역紅疫이 발반하는 거리로 쏠려

거리엔 노아의 홍수 넘쳐나고
위대한 섬 위에 빛난 별 하나

너는 고 알몸동아리 향기를
봄바다 바람 실은 돛대처럼 오라

무지개같이 황홀한 삶의 광영
죄와 겯들여도 삶직한 누리

2) 김인환, 「陸史 詩의 系譜」, 『文學과 文學思想』, 열화당, 1978, 122쪽.

나른한 "남만의 밤"은 겨울의 냉엄한 의지로부터 가장 멀리 떨어진 시간이다. 이 시간에 속세의 거리는 제 욕망의 신에게 저 자신을 제물로 바쳐 번제의 불을 피운다. (이것이 아편에 취한 사람들의 모습이라고 미리 판단하지 말자.) 이 욕망의 열병이 거리에 대홍수를 이룰 때, "옥돌보다 찬 넋"도 그 기운에서 완전히 벗어나지 못하는 것처럼 보인다. 그러나 넘쳐나는 "노아의 홍수"도 완전히는 집어삼키지 못하는 높은 산꼭대기인 이 넋은 그 망망한 물결 속에 "위대한 섬"으로 남으며, 그 위에는 "빛난 별 하나"가 떠 있다. 제4연에서 시인이 "너"라고 부르는 존재는 시의 전체 문맥을 따져볼 때, 제목으로 나타나는 "아편"일 수밖에 없다. "알몸동아리 향기를" 앞세우고 올 아편은 "옥돌보다 찬 넋"에게 저 거리의 "홍역"을 방비하면서 동시에 그 열기를 전달해준다. 아편은 정화하면서 매개한다. 육사는 『어떤 아편 음용자의 고백』을 쓴 영국 시인 드퀸시와 그에게 영향을 입은 19세기 상징주의 시인들을 알고 있었을까. 그들에게 아편 음용은 개성을 강화하고 정신을 앙양하는 수단이었다. 이 시를 쓸 때의 육사에게도 이 점은 마찬가지이다. 그는 제 정신이 "위대한 섬 위에" 서 있는 "옥돌보다 찬 넋"이기를 바랐지만 동시에 세속 세계를 가로지르는 거리의 흥분에 무관심하지 않았다. 마지막 시구 "죄와 겉들여도 삶직한 누리"를 훌륭한 마무리라고 말하기는 어렵지만, 한 지사의 냉엄한 의지와 누리에 가득한 생명의 열정을 종합하려는 어떤 포부가 이 결구에 담겨 있을 것은 분명하다. 물론 이 종합에는 시인과 지사의 결합도 포함된다. 그러나 존재의 어떤 질변을 꿈꾸더라도 먼저 확보해야 할 것은 저 "찬 넋", 바로 겨울의 정신이다.

시 「나의 뮤즈」에서는 지사의 정신보다 시인의 열정이 앞서는 것처럼 보인다. 주지하다시피 "뮤즈"는 고대 그리스의 시신인 '무사' 또는 그 복수형인 '무사이'에서 온 말이다. 그러나 무사이가 여덟 명의 여신인데 반해 이 시의 뮤즈는 남성의 특성과 외양을 지니고 있다. "아주 헐벗은" 채 '바로 그것이다' 무릎을 치며 찬탄하는 일도 없이 "사뭇 밤만을 왕자처럼 누"리고 있다는 표현에서는 시쓰기에 몰두하는 시인 자신의 모습을 보는 듯하며, 그 뮤즈가 "아무것도 없는 주제"에 세상이 모두 제 것인 양 빼기며 "그냥 인드라의 영토를 날아도 다닌다"는 점은 보들레르에게서 '알바트로스'에 비유되었던 '허공의 왕자이자 지상의 무능력자'인 시인을 연상케 하고, "계집을 사랑"하기에는 "수염이 너무 주체스럽"고 "취하면 행랑 뒷골목을 돌아서 다니"고 보자기보다 더 "크고 흰 귀를 자주 망토로" 가리는 행동거지는 시라노 드 베르주라크[3]와 같은 호한의 모습을 느끼게 한다.

---

3) 시라노 드 베르주라크Cyrano de Bergerac는 17세기 프랑스의 풍자 시인이자 극작가였다. 그를 검술에 뛰어난 협객이자 비련의 사나이로 그린 에드몽 로스탕의 연

뮤즈와 시인이 함께 지낸 세월은 "몇 천겁 동안" 이지만 "비취가 녹아나는 듯"이 푸른 "돌샘가에" 잔치가 벌어지면 그가 부르는 노래는 "목청이 외골수"다. 다시 말해서 그 목소리에 융통성이 없다. 그러나 이 외골수의 목청에는 또한 어떤 속임수의 기교도 없을 것이다. 육사는 시인으로서의 자신의 모습과 자질을 이야기하며 스스로 조롱하고 있지만, 이 익살 섞인 고백으로 시인된 자신의 열정과 포부를 드러내고 있는 것도 사실이다. 게다가 육사는 그의 뮤즈가 "대곤大鯤을 타고 다녔던 것이 일생의 자랑"이라고 말하여 그의 도사연하는 태도를 짐짓 나무라지만, 그 근원이 "정녕 북해안 매운 바람 속"일 가능성도 있음을 또한 짚어두고 있다. 시적 열정과 포부의 어수선함 속에까지 이렇듯 겨울의 차가움이 있다. 시는 다음과 같이 끝난다.

> 밤도 시진하고 닭소리 들릴 때면
> 그만 그는 별 계단을 성큼성큼 올라가고
> 나는 촛불도 꺼져 백합꽃 밭에 옷깃이 젖도록 잤소

이 마지막 연에서 시인의 태도는 문득 진지하다. 뮤즈에게 허랑한 모습은 없다. 민간전승의 귀신들처럼 새벽닭의 울음소

극 〈시라노 드 베르주라크〉(1897)는 1930년대에 일본에서도 상연되어 크게 인기를 누렸다.

리와 함께 하늘로 올라가는 그는 "성큼성큼"으로 표현되는 발걸음을 제외하고는 인간의 성격을 모두 벗어버리고 한 정신으로서의 그 존재를 오롯이 회복한다. 시인이 깊이 잠들어 "백합꽃 밭에 옷깃이 젖"었다는 것은, 노지에 촛불을 켰을 리 없으니, 꿈속에서의 일일 것이다. 육사는 순수시인이 되는 꿈을 꾸고 있다. 육사에게서 시인으로서의 이 순수한 열정은 저 지사의 냉엄한 의지와 무관한 것이 아니다.

순수의 열정도 지사적 의지도 모두 현실 부정의 정신에 터를 둔다. 현실이 관념의 완전한 시선을 감당해내고 관념의 극점과 동일한 것이 현실 속에 실현될 때까지 부정에 부정을 거듭하는 기획은 자주 자연의 환경적 배려와 인간의 생물학적 조건을 도외시한다. 그에 대한 좋은 예를 시 「강 건너간 노래」에서 찾을 수 있을 것 같다. 제2연과 제3연을 적는다.

> 강 건너 하늘 끝에 사막도 닿은 곳
> 내 노래는 제비같이 날아서 갔소
>
> 못 잊을 계집애 집조차 없다기에
> 가기는 갔지만 어린 날개 지치면
> 그만 어느 모래불에 떨어져서 타서 죽겠죠.

"강 건너"는 하늘의 이치에 따른 자연의 조화로움이 끝난 곳이다. "내 노래"가 그 사막으로 날아간 것은 강 이쪽에 마음 붙일 "못 잊을 계집애"도 없고 몸 붙일 "집조차" 없기 때문이다. 이쪽 강변에 자연의 어떤 조화로움이 아직 남아 있다 하더라도, 그것은 결핍되고 타락한 상태를 면하지 못하기에 그것을 누리기 위해서는 비루함에 몸을 바쳐야 하는 것이 육사의 현실이었다. 피안은 불모와 죽음의 땅이지만 또한 순결한 땅이다. 그 땅과 닮은 것은 한 시인 지사의 순결하고 냉엄한 의지밖에 없다. 이 시는 김기림의 시 「바다와 나비」와 비교된다. 두 시가 모두 '지친 날개'를 언급한다. 그러나 김기림의 나비가 "공주처럼 지쳐서 돌아"올 때, 육사의 노래는 "어느 모래불에 떨어져서 타서" 죽기를 각오한다. 시적 순수의 열정이 항상 같은 발상법에서 비롯하는 것도 아니고 항상 같은 결실을 맺는 것도 아니다.

「남한산성南漢山城」은 여섯 행의 짧은 시이고, 우리의 논의에서 조금 벗어난 시이지만, 시의 구조와 시어가 명징한데도 불구하고 평자들 간에 자주 의견이 엇갈리는 시여서, 또한 훌륭한 소품이어서, 주석을 붙여둘 필요가 있다.

> 넌 제왕帝王에 길들인 교룡蛟龍
>
> 화석化石 되는 마음에 이끼가 끼어

승천하는 꿈을 길러준 열수洌水

목이 째져라 울어 예가도

저녁 놀빛을 걷어 올리고

어데 비바람 있음 직도 안 해라.

한 문장으로 이루어진 이 시를 설명을 붙여 산문으로 바꾸어 쓴다면 아마 이런 말이 될 것 같다. '너는 명나라 황제, 청나라 황제, 또 이제는 일본 천황에게 순치된 이무기로 생명력을 잃고 돌이 된 마음에 이끼까지 끼어 있는 처지이니, 너에게 승천하여 용이 되는 꿈을 길러준 한강이 있는 힘을 다하여 소리 지르며 흘러도, 저녁 놀빛을 걷어올려 내일의 쾌청을 예보하는 하늘 아래, 네 승천의 조건이 될 비바람을 만날 희망이 보이지 않는구나.' 여기서 '너'라고 불리는 존재는 직접적으로 남한산성이겠지만, 이 산성은 또한 한반도와 배달민족의 알레고리이기도 할 것이다. 교룡을 용으로 변화시켜 하늘로 오르게 해줄 비바람으로는 조국 독립의 염원과 그 실천 의지를 우선 꼽게 된다. 그러나 염원도 의지도 없이 이끼가 끼어 무디어진 정신이 변화의 기회를 창출하지 못할 것임은 말할 것도 없고, 그 기미조차도 알아차리기 어려울 것이다. 길들여진 땅에는 길들여진 삶밖에 없다. 시인의 노래가 강 건너 갈 수밖에 없는 이유가 바로 여기 있다. 육사는 '좋은 시'에서건 '안 좋은 시'에서건 늘 일관된 정신을 유지했다.

마지막으로 육사의 '좋은 시' 한 편을 읽기로 한다. 조국광복 후 「광야」와 함께 유고로 발표된 「꽃」은 육사의 마지막 시편에 속한다. 이 아름다운 시에는 이미 여러 평자들의 좋은 주석과 설명이 있었다. 내가 덧붙이는 글은 그 주석과 설명을 반복하는 꼴이 되기 십상이지만, 그것이 저 "회상의 무리들"에 참여하는 한 가지 방법이 되기도 할 것 같다.

동방은 하늘도 다 끝나고
비 한 방울 나리잖는 그때에도
오히려 꽃은 발갛게 피지 않는가
내 목숨을 꾸며 쉬임 없는 날이여

북쪽 툰드라에도 찬 새벽은
눈 속 깊이 꽃 맹아리가 옴작거려
제비떼 까맣게 날아오길 기다리나니
마침내 저버리지 못할 약속이여!

한 바다 복판 용솟음치는 곳
바람결따라 타오르는 꽃성城에는

나비처럼 취하는 회상回想의 무리들아

오늘 내 여기서 너를 불러보노라

"비 한 방울 나리잖는" 땅 "동방"은 식민주의와 제국주의 전쟁의 등쌀에 벌써 사막처럼 황폐한 이 나라일 것이다. 천도가 끊겨 조화를 잃고 불모지가 된 이 땅에서도 생명이 그 움직임을 포기하지 않는 이치는 저 "북쪽 툰드라"에서, 그것도 냉혹한 겨울의 새벽에, 눈 덮인 땅에서 씨앗들이 꽃을 준비하는 이치와 다른 것이 아니다. "내 목숨을 꾸며" 이어주며 늘 생생한 생명력으로 새로운 의지를 다지게 하는 세월은 다른 모든 생명 속에서도 그 면면한 작동을 한순간이라도 중단하는 법이 없다. 생명이 마침내 제 생명력을 온전하게 개화하리라는 약속은 결코 배반당하지 않는다. 새로운 바람이 불어오고 그 바람결에 불타오르듯 피어나 성 하나를 이루는 꽃밭에서 "나비처럼 취하는" 사람들을 그 약속의 시간에 보게 될 것이다. "회상의 무리들"은 '자 이제 그날이 왔다!'고 말하며 지난날의 고난을 회상하는 사람들일까, 아니면 "마침내 저버리지 못할 약속", 저 태고의 약속을 내내 붙들고 살던 사람들일까. 지금 이 시간의 승리는 그 약속을 위해 몸을 바쳤던 사람들을 역사적으로 구제하는 일이기도 하다. 이 역사적 시간에 대한 믿음이 시인을 무시간성의 황홀에 들게 한다. 이 황홀을 증명하듯 말은 자주 문법의 테두리를 넘나든다. 고난 속의 '취함'이 그렇게 언어적 천재를 만든다. 그러나 "오늘 내 여기서 너를 불러보노라"라는 시구는 어떻게 읽어도 읽는 사람의 애를 끊는다. 육사는 내내 겨울의 시를 쓰며 가장 황홀한 봄을 회상하고 전망했다.

(2012년 『문예중앙』 가을호)

시를 번역하는 일

나는 여러 해 전에 말라르메의 『시집』(문학과지성사, 2005)을 번역하였고, 연전에는 아폴리네르의 『알코올』(열린책들, 2010)을 번역하였다. 특히 『시집』이 출판되었을 때, 많은 격려가 뒤따랐지만, 번역의 진실성에 대한 의혹과 납득하기 어려운 공격도 없지 않았다. 한 독자는 내가 시를 잘 모르고 우리말에도 서투른 탓에 프랑스어 단어를 우리말 단어로 옮겨놓았을 뿐이라는, 읽을 만한 번역에 이르지 못했다는 글을 인터넷에 올렸다. 그는 내가 이 번역시집의 서문에서 "가능한 한 낱말과 낱말이, 시구와 시구가 일대일로 대응하는 방식을 택했으며, 우리말에서 잘 쓰지 않는 문장부호들도 최대한 살려두었다"고 한 말을 오해하였거나 빌미로 잡은 것이다. 나는 그 글에 대해 해명하고 싶은 생각이 없지 않았지만, 그게 너무 유난스러운 일이 될 것도 같았고 그러기에 충분한 공간이 제공되는 것도 아니어서 마음을 접고 말았다. 이 글도 그에 대한 대응은 아니다. 그러나 나는 그후 번역 관련 연구자들의 요청을 받아 내가 어떤 방식으로 말라르메의 시를 번역하였으며, 나 자신의 번역에 대해 어떤 생각을 지니고 있는지를 몇 차례 말할 기회가 있었던바, 이 글은 구두로 발표했던 그 내용을 이 지면의 성격에 맞게 정리한 것으로, 예의 인터넷 비평자의 의혹에 대한 해명도 어느 정도 포함할 수 있을 것으로 생각된다.

문학번역, 그 가운데서도 시 번역의 특수성은 무엇보다도 그것이 공시적으로뿐만 아니라 통시적으로도 다의성을 지닌 텍스트를 대상으로 한다는 데에 있을 것이다. 한 작품에 대해 일정한 시대를 기준으로 객관적 가치를 지닌 해석들의 전체가 번역의 편에서 문제로 삼을 수 있는 공시적 다의성을 구성하는 것으로 친다면, 그것을 그 작품에 대한 의미 정보의 총량으로 여길 수 있으며, 역자의 역량에 따라 이를 다시 역문에서 재현해내는 일이 반드시 불가능하다고 할 수는 없다. 그러나 통시적 다의성에는 지적 상태와 사회문화적 상황의 변화 등에 따른 다양한 해석의 역사뿐만 아니라, 한 텍스트에 대한 미래적 해석 가능성도 포함된다. 그런데 모든 원문은 처음부터 자기 언어 속에서 그 자체로서 성숙하여 지속적으로 의미를 발생시키고 있지만, 그 발생된 의미를 일정 시점에서 수렴하는 역문이 원문과 동일한 미래적 해석 가능성을 획득하기는 본질적으로 불가능하며, 문학번역의 숙명적 한계가 또한 여기 있다.

그러나 나는 여기서 이런 이유를 들어 시의 번역 불가능성을 강조하려는 것이 아니라, 오히려 그 반대이다. 역설적인 말 같지만, 시의 번역 불가능성이 그에 대한 번역의 필요성을 만들어낸다고 할 수 있다. 한 텍스트를 완전하게 번역할 수 없게 만드는 요인이 바로 그 지속적 생명을 보장하는 것이기도 하기 때문이다. 번역 작업은 원문이 지닌 지속적·미래적 성숙성을 다른 언어 풍토에 그대로 옮겨놓기에 성공할 수는 없지만, 적어도 그 생명에 참여하는 한 방법이 될 수는 있다. 외국문학 작품을 소개하려 할 때, 그에 대한 어떤 종류의 해설과 요약은 일정한 정보의 전달에 성공할 수 있고, 그에 대한 '번안'은 원문의 자기 성숙성을 그와는 벌써 무관한 역문의 그것으로 대체하는 일에 성공할 수 있는 반면, 번역은 그 양면에서 실패를 감수해야 하지만, 이 실패를 통해 원문의 지속적 생명을 확인할 수 있는 가능성은 여전히 남는다.

나는 이 글에서, 『시집』의 시편들 가운데 흔히 'yx 각운의 소네트Sonnet en yx'라고 불리는 제목 없는 한 시를 번역하기 위해 내가 모색하고 실천했던 과정을 기술하려고 한다. 이 시의 번역은 다른 여러 시편들의 번역과 마찬가지로 결국 실패한 것으로 자평할 수밖에 없지만, 그 작업 과정은 원문의 다양한 해석 가능성, 그 지속적 생명성과 어떤 관계를 맺을 수 있는지를 살펴

보는 데는 일정한 도움이 될 것으로 믿는다. 내가 여기서 말라르메의 「yx 각운의 소네트」의 번역을 특별히 이야기하려는 데는 이유가 없지 않다. 이 소네트는 흔히 '순수 부재의 시'의 가장 훌륭한 모범이라는 찬사를 받아왔다. 이런 찬사는, 한 언어체계 안에 그 어휘를 극한적으로 동원하여 한계에 이른 통사법으로 그것을 제어하고 있는 이 소네트가, 낱말과 낱말에서부터 시구와 시구에 걸치는 내재적 힘의 균형에 의해, 처음부터 그 형식을 지니고 필연적으로 거기 있었을 절대적인 물체처럼 나타난다는 뜻으로 해석될 수 있다. 한 언어체계에서 절대적인 형식을 지녔던 것이 다른 언어체계로 옮겨질 때, 극히 예외적인 번역 상황을 초래할 것이 분명한데, 이 점은 번역가들이나 시인들의 관심을 모으기에 충분하다고 본다. 또하나의 이유는 말라르메 그 자신의 시작 태도에 있다. 그는 잘 알려진 것처럼 시인의 임무를 "종족의 언어에 더욱 순수한 의미를 부여하는 것"[1]이라고 규정한 적이 있다. 종족의 언어를 그 방언성에서 해방시켜 보편언어적 성격을 되찾게 하는 것이 시인의 임무라는 뜻으로 이해되는 이 말은 "외국어 속에 마법으로 묶여 있는 저 순수언어를 자기 언어를 통해 풀어내고, 작품 속에 갇혀 있는 저 순수언어를 작품의 재창조를 통해 해방한다는 것, 바로 이것이 번역

1) 말라르메, 「에드거 포의 무덤Le Tombeau d'Edgar Poe」.

가의 과제"[2]라는, 내가 자주 인용하는 벤야민의 말을 강력하게 상기시킨다. 말라르메가 시인의 임무를 규정하면서 동시에 번역가의 임무를 규정하였다면, 벤야민은 번역가의 임무를 말하면서 시인의 임무를 말한 셈이다.

이 시의 원문은 다음과 같다.

Ses purs ongles très haut dédiant leur onyx,
L'Angoisse, ce minuit, soutient, lampadophore,
Maint rêve vespéral brûlé par le Phénix
Que ne recueille pas de cinéraire amphore

Sur les crédences, au salon vide : nul ptyx,
Aboli bibelot d'inanité sonore,
(Car le Maître est allé puiser des pleurs au Styx
Avec ce seul objet dont le Néant s'honore).

Mais proche la croisée au nord vacante, un or
Agonise selon peut-être le décor
Des licornes ruant du feu contre une nixe,

2) Walter Benjamin, La tâche du traducteur, *Œuvres I: Mythe et violence*, Denoël, 1971, pp. 274~275. 번역 필자.

Elle, défunte nue en le miroir, encor

Que, dans l'oubli fermé par le cadre, se fixe

De scintillations sitôt le septuor.[3)]

이 시는 onyx줄마노, ptyx소라껍질, Styx지옥의 강, Phénix불사조, nixe수정, 물의 요정처럼 형태상으로 평범하지 않으며 일부 신화적 연원을 지닌 낱말들과, lampadophore횃불 주자, septuor칠중주처럼 사용 빈도가 극히 낮은 낱말들에 의지한 두 각운 -yx(-ixe)와 -ore(-or)를 AbAb AbAb BBa BaB의 도식[4)]으로 배열하고 있다. 그러나 이 각운 도식과 12음절 시구의 리듬 체계 등은 원칙적으로 다른 언어로 옮겨질 수 없으며, 또한 번역이 음운체계의 재현까지를 목적으로 삼는 것은 아니기에 시법에 관련된 사항은 일단 논외로 치고, 여기서는 시의 주제와 통사법, 그리고 그것들의 관계에 관해서만 관심을 갖기로 한다.

이 시는 말라르메 연구자인 황의조가 이미 한국어로 번역하여 발표한 바 있다.

---

3) Mallarmé, *Œuvres complètes*, Gallimard, 1951, pp. 68~69.

4) 이 도식에서 소문자는 여성운, 즉 '묵음 e'로 끝나는 시구를 가리킨다.

그의 순결한 손톱들이 그들의 마노瑪瑙를 아주 높이 쳐들어 바치고
횃불을 든, 오늘 밤 자정, 지지하고 있네, 불안이,
불사조에 의해 타버린 일몰 때의 온갖 꿈을
다비荼毘의 재를 담는 어떤 그릇도 그것을 거두어들이지 못하리라

빈 거실, 선반 위에는 : 없다네 어떤 소라고동도,
폐기되어 비어 있는 소리의 그 낡은 장식품,
(왜냐하면 허무를 영광되게 할 이 유일한 물건을 가지고
명인은 죽음의 강에 눈물을 길으러 가버렸기 때문에)

그러나 빈 북쪽 십자격살 창 가까이, 어떤 황금의 빛이
죽음과 싸우고 있다네, 어떤 물의 요정과 맞서
일각수들이 불을 내차고 있는 그 장식을 통해 아마도,

거울 속에 나신으로 사라진, 바로 그 수정水精, 하지만,
그 틀로 간힌 망각 속에, 형성되고 있다네
그 칠중주七重奏가 이윽고 그 반짝임들과 함께.[5)]

5) 『외국문학』 1997년 겨울호

원시의 통사구조를 파악하는 데에 어느 정도 도움을 주는 이 역문과, 이 시를 이해하는 데에 결정적인 자료가 되는 시인의 한 편지[6]를 참고로 해서, 이 시의 주제 또는 내용을 우선 산문적으로 간추리면 다음과 같다.

고뇌는 자기 순결한 손톱들의 줄마노들을 드높이 봉정함으로써, 이 한밤, 횃불 주자가 되어, 불사조에 의해 불태워진 수많은 저녁 꿈을 받들어올리는데, 어느 항아리도 그 불사조의 유회遺灰를 거두어들이지 않으며

빈 객실의, 장식장 위에는, 공허하게 울리는 폐기된 골동품

---

6) 1868년 7월 18일, 친구 카잘리스에게 보낸 편지. "나는 금년 여름에 한 번 꿈꾸었던 이 소네트를, '말'에 관해 기획했던 한 연구로부터 끌어내었다네. 거꾸로 된 셈인데, 이 거꾸로라는 말은 의미가, 이 소네트에 무슨 의미가 있다면 말이야. (……) 낱말들 자체의 어떤 내적 신기루에 의해 상기된다는 뜻일세. 이 소네트를 몇 번이고 중얼거리게 되면 제법 신비로운 감각이 느껴지지. 이렇게 말하면, 자네가 요청한 바의 "조형적"인 소네트가 아니라고 고백하는 셈이지만, 적어도 "흑백"은 더할 나위 없이 분명하니, '꿈'과 '공허'가 가득한 동판화를 만들기에 적합하다고 보네. 이를테면, 한밤에 열린 창문, 열어젖힌 채 고정된 두 덧문, 고정된 두 덧문이 나타내는 바의 안정된 분위기에도 불구하고 안에 누가 있는 방, 그리고 몽롱한 장식탁자의 그럴듯한 윤곽뿐 아무런 가구도 없이, 부재와 의문으로 이루어진 어둠 속에, 안쪽에 걸린 거울의, 호전적인 문양을 지닌, 사라져가는 틀, 거울에 비친 대웅좌의 반영, 별빛으로 반짝이는, 이해할 수 없는, 세상에서 유리된 이 처소를 오직 하늘에 연결시키는 이 반영."

인 소라껍질이 없다(무無의 자랑거리인 이 물건만 가지고 주인이 지옥의 강으로 눈물을 길으러 갔기 때문이다).

그러나 비어 있는 북쪽 십자창 가까이, 한 황금빛이 모진 숨을 거두는데, 이 죽음은, 필경, 한 수정水精에게 불꽃을 걷어차는 일각수들의 장식이 [어둠 속으로] 사라지는 것과 함께 진행되며,

[일각수들의 공격을 받는] 그녀 수정은 거울 속에서 나신으로 죽지만, 거울의 액틀로 닫힌 망각, 즉 어둠 속에 이윽고 반짝이는 일곱 별이 정주한다.

이 산문 역은 시의 의미 내용을 비교적 충실하게 전달해줄 수 있을 것으로 보이나, 원시가 낱말들과 시구의 짜임을 통해 이루어내는 의미의 긴장된 역학관계와 그로 인한 의미의 변용을 드러내기에는 매우 부족하다. 따라서 원시에 배열된 시구의 위치를 가능한 한 존중하는 가운데, 이 대의의 내용을 담아 다음과 같이 '번역 1'을 만들어보았다.

제 순결한 손톱들이 드높이 그 줄마노들을 봉정하고,
고뇌는, 이 한밤, 횃불 주자가 되어,

불사조에 의해 불태워진 수많은 저녁 꿈을 받드는데,
어느 유골 항아리도 그 불사조를 거두어들이지 않으며

빈 객실의, 장식장 위에는, 공허한 울림의
폐기된 골동품, 소라껍질이 없다

(무가 자랑하는 이 물건만 가지고
주인이 지옥의 강으로 눈물을 길으러 갔기에).

그러나 비어 있는 북쪽 십자창 가까이, 한 황금이,
한 수정에 맞서 불꽃을 걷어차는 일각수들의
장식과 함께 필경, 모진 숨을 거두고,

그녀 수정, 거울 속에 나신으로 죽었건만,
이윽고 반짝임의 칠중주가
액틀로 닫힌 망각 속에 정주한다

이 번역의 약점은 무엇보다도, 원시의 시구 배열 상태를 존중하는 나머지 '불사조/Phénix' '수정/nixe'을 반복해서 사용하지 않을 수 없었다는 것이다. 이 반복은 몇 개의 전치사와 관사 이외에는 같은 낱말을 두 번 사용하지 않은 원시의 압축된 힘을 크게 약화시키고 있으며, 게다가 시어에 대한 말라르메적인 개념에도 크게 저촉된다. 시어에 대한 말라르메의 유명한 말이 있다. "말의 작용에 따른 공기 진동 현상에 의거하여, 자연 현상을 거의 즉각적인 소멸로 옮겨놓는 기적이 무슨 소용인가, 순수 관념이 어떤 비근하거나 구체적인 환기의 방해를 받지 않고 거기서 발산되게 하기 위함이 아니라면?"[7] 이 형이상학적인 언어관에 따르면, 시의 말은 발음됨과 동시에 그 물질성이 사라지면서, 그것이 지시하는 사물에 대한 우리의 구체적이고 잡다한 경험들이 아니라 그 순수 관념을 드러내야 한다. 그런데, 우리의 역문에서 같은 말, 그것도 시의 중심어에 해당하는 말의 반복은 그것들의 순수 관념을 '비근하거나 구체적인 환기'로 방해하는 꼴이 될 것이다.

역문의 통사구조에도 원시의 의미 내용을 정확히 드러내기에 적당하지 않은 점이 있다. 말라르메의 텍스트를 분석하면, 제1연에서 고뇌의 횃불 치켜들기와 그 손톱들의 줄마노 봉정은 밤하늘의 별을 들어올린다고 하는 동일한 행위의 중복 표현일 뿐인데, 역문은 제1행에서 "봉정하고"라고 말함으로써 동일한 행위를 별도의 행위로 여겨지게 하고 있다. 또한 제3연에서 우리가 "필경"이라고 옮긴 원문의 "peut-être"는, "한 황금"이 임

7) Mallarmé, Avant-dire au 'Traité du verbe' de René Ghil, *Œuvres complètes II*, Gallimard, 2003, p. 679. 번역 필자.

종하는 장소와 시간으로 추론된 내용(액틀 장식이 있는 자리, 그 장식의 사라짐과 같은 순간)에 대해, 그 진위를 "거의 확실하다"는 정도로 한정하는 기능을 지닌다. 따라서 역문에서도 "필경 (……) 일각수들의 장식과 함께"라고 옮겨야 할 것이나, "한 수정에 맞서 불꽃을 걷어차는"이라는 관형절의 방해 때문에 "필경"을 후치함으로써, 비록 뒤에 쉼표를 찍었다고는 해도, 이 한정 관계가 불확실해졌다.

역문의 시구 배열에도 부주의한 점이 있다. 원시에서는 각각의 시절에 따라서, 유골 항아리/cinéraire amphor, 지옥의 강/Styx, 숨을 거두다/agoniser, 나신으로 죽음/défunte nue 등의 낱말과 어구를 적절한 간격으로 배치함으로써, 하늘의 별과 거울 속의 그 반영을 제외한 나머지 사물들이 어둠에 묻혀 소멸하는 과정을 점층적으로 나타내고 있다. 그런데 역문은 제3연의 "모진 숨을 거두고"와 제4연의 "거울 속에 나신으로 죽었건만"을 인접한 시행에 배치함으로써 이 점층적 성질을 깨뜨렸다. 또한 말라르메의 시는 시의 첫 행과 마지막 행에 별을 배열함으로써, 하늘의 별과 지상의 별 간의 그 반영관계를 거울구조로 표현하고 있는데, 역문은 이 점을 무시하고 있다.

따라서 다음의 '번역 2'에서는 이 약점들을 보완하기 위한 조치를 취했다.

제 순결한 손톱들이 드높이 그 줄마노들을 봉정하여,
고뇌가, 이 한밤, 횃불 주자되어 받드는
수많은 저녁 꿈을 불태워버린 불사조,
그를 어느 유골 항아리도 거두어들이지 않으며

빈 객실의, 장식장 위에는, 공허하게 울리는
폐기된 골동품, 소라껍질은 없다
(무가 자랑하는 이 물건만 가지고
주인이 지옥의 강으로 눈물을 길으러 갔기에).

그러나 비어 있는 북쪽 십자창 가까이, 한 황금이
모진 숨을 거둔다, 필경 함께 사라지는 장식 속의
일각수들 불꽃을 걷어차고 그에 맞서는 수정,

그녀, 거울 속에 나신으로 죽건만,
액틀로 닫힌 망각 속에 붙박힌다
이윽고 반짝임의 칠중주가.

우선 제1연에서는, 원문의 주술관계를 전도시켰다. 주절로 관형절을 만들어, 그것으로 "저녁 꿈"을 수식하게 하고, 거기에 다시 이 "저녁 꿈"의 부가절을 덧붙이는 방식으로 중첩관형절을 만들어 최종적으로 "불사조"를 수식하게 하였다. 이로써 "불사조"를 반복하지 않고도 이 불사조와 유골 항아리의 관계는 일단 분명해졌다.

제3연에서는, 술어 "모진 숨을 거두다"와 그 시간·장소의 부사구를 도치시켜 "필경"이 순탄한 자리에 놓이게 하고, 다시 그 부사구 안에서 수식관계를 도치시켜 "수정"을 시절의 끝에 배치함으로써, 제4연의 첫머리에 나오는 "그녀"에 "수정"을 덧붙이지 않고도, 그녀와 수정 간의 동일성을 짐작할 수 있게 하였다.

끝으로, 제4연에서도, 주어부와 술어부를 도치시켜, 별들의 "칠중주"가 마지막 시행의 끝자리를 차지하게 하였다.

그러나 이들 조치에도 불구하고, 또는 바로 이들 조치 때문에, 번역이 더욱 개악되었다고 평가해야 할 것 같다.

문제가 가장 많은 것은 제1연이다. 이 제1연을 바르게 파악한다면, 불사조가 저녁 꿈을 태운 다음, 다시 말해서 하늘이 황혼으로 물들었다 어두워진 다음, 어떤 고뇌가 그 타버린 꿈의 횃불을 다시 이어받아 밤하늘에 별을 띄우는 것으로 이해되는데, 역문은 이 행위의 선후관계를 혼동하게 한다. 게다가 주절이 관형절로 바뀌면서, 원래 수식절의 수식절이었던 "어느 유골 항아리도 거두어들이지 않는다"는 구절이 결과적으로 주절로 격상되어 각 어절들이 갖는 의미의 강도와 그 역학구조에 혼란을 준다는 것도 간과할 수 없는 약점이다.

제3연도 이와 동일한 문제들을 안고 있다. 우선 부사구 안에서 수식관계를 도치시킨 결과로, 원문에 포함되었던 2개의 동사적 어휘가 역문에서는 4개로 늘어나, 적요와 소멸을 지향하는 시절의 내용을 오히려 번잡하게 만들었다. 더욱 중요한 것은 이 시절의 첫머리에 놓인 "그러나/Mais"의 가치에 관한 문제이다. 원문에서 이 접속사는 앞의 두 4행절에 나타나는 죽음·사라짐의 테마와 마지막 3행절에서 확인되는 일곱 별의 영속성을 등위 연결하여 대립시키는 기능을 지니는 것으로 이해된다. 그러나 역문에서는, "숨을 거둔다"는 종결어미를 사용한 탓에(비록 문장을 끝내지 않고 부속 어구들을 후치했다고는 하지만) "그러나"의 통사적 맥락이 단절되었거나 크게 약화되었다.

그리고 끝으로, 이 점은 '번역 1'의 비평에서 이미 언급했어야 할 사항인데, 제1연의 제4행을 구성하는 관계절—"Que ne recueille pas de cinéraire amphore"—의 통사구조를 다시 살펴볼 필요가 있다. 이 절에서 주어는 "de cinéraire amphore/유골 항아리"이며 동사는 "recueille/거두다"인데, 시인은 이 주어 앞에 일반적으로 부정문의 목적어 앞에 오는 전치사 "de"를 사용하여 "유골 항아리가 거두어들이지 않는다"는 내용에 "거두어들이는 유골 항아리가 없다"는 의미의 뉘앙스를 주고 있다. 이와 더불어, 시인은 하나의 문장으로 완결될 수도 있는 제1연의 뒤에 마침표를 찍지 않음으로써, 제2연의 소라껍질이 없는 "장식장"에 이 유골 항아리도 마찬가지로 부재함을 암시하고, 더 나아가서는 이 죽음의 항아리와 지옥의 물을 긷는 도구인 소라껍질이 동일한 물건일 가능성을 더듬어보게 한다. 역문은 이 점을 소홀히 하고 있다.

이 실패 위에서 다음과 같은 '번역 3'이 꾸며졌다.

> 제 순결한 손톱들이 그들 줄마노를 드높이 봉정하는
> 이 한밤, 횃불 주자, 고뇌가 받들어올리는 것은
> 불사조에 의해 불태워진 수많은 저녁 꿈,
> 어느 유골 항아리도 그를 거두어들임이 없고
>
> 빈 객실에는, 장식장 위에는, 공허하게 울리는
> 폐기된 골동품, 소라껍질도 없다
> (무가 자랑하는 이 물건만 가지고
> 주인이 지옥의 강으로 눈물을 길으러 갔기에).
>
> 그러나 비어 있는 북쪽 십자창 가까이, 한 황금이,
> 필경 한 수정에게 불꽃을 걷어차는
> 일각수들의 장식을 따름인가, 모진 숨을 거두고,
>
> 그녀, 거울 속에 나신으로 죽었건만,

액틀로 닫힌 망각 속에는 붙박힌다
이슥고 반짝임들의 칠중주가.

제1연에서: 첫 행의 절대분사절을 "이 한밤/ce minuit"에 걸리는 관형절로 만들어, 그로써 하나의 상황을 구성함으로써 손톱들의 줄마노 봉정이 고뇌의 횃불 들어올리기와 별도의 행위로 이해되는 것을 막으려 했다. 이어서 "받들다/soutenir" 동사를 "받들어올리는 것은"이라는 구문으로 옮겼는데, 이는 이 구문이 우리말에서 주술의 순서를 바꾸지 않고도 목적어를 동사 뒤에 놓을 수 있는 수단이 된다고 보았기 때문이다. 마지막 행에서도 "거두어들이지 않는다" 대신에 "거두어들임이 없다"는 표현을 사용하고, 제2연의 "소라껍질" 다음에 조사 "도"를 붙여서 그 두 부재 간의 관계를 부각시키려 하였다.

그러나 다른 결점들이 새로 나타났다. 원문은 제2행을 Angoisse/고뇌—ce minuit/이 한밤—soutenir/받들다—lampadophore/횃불 주자의 순서로 제시하고 있다. 이 순서는, '시인의 고뇌가—낮의 태양이 황혼의 꿈을 완전히 불태우고 사라진 한밤중에—그 타오르던 꿈을 이어받아 받드니—결과적으로 횃불 주자라고 부를 만하다'는 인식의 과정을 드러내기에 의미가 있다. 그러나 역문은 우리말의 순탄함에 치중한 나머지 이 순서를 살리지 못했다. 또한 원문이 유골 항아리와 관련된 제

4행을 관계사(que)를 통해 "Phénix/불사조"에 곧바로 연결시키고 있으나, 역문은 이 제4행을 "불사조"에 인접시키는 최소한의 조치도 취하지 못해 그 관계를 불분명하게 만들었다. 불사조의 신화는 널리 알려진 것이어서, 그 관련성이 어렵지 않게 짐작될 수 있다고 해도 훌륭한 변명이 아니다. 말라르메의 시는 불타버린 황혼의 꿈으로부터 시인의 뜨거운 고뇌가 시작된다고 전술한 내용에, 불사조가 자기를 태운 재에서 다시 탄생한다는 신화적 코드를 포함시켜, 그 두 개념이 상호 보충하는 효과를 얻어내지만, 역문의 신화적 코드는 전술한 내용에 자신을 접붙이는 데에 겨우 이용되고 있다.

제3연에서: 여기서도 역시 우리말을 순탄하게 짜는 일에만 치중한 결과가 되었다. "필경"을 문제의 어구 앞에 가져오는 대신, "따름인가"로 어구의 끝을 삼아 그 상응관계를 드러내려 하였다. 그러나 이 때문에—그리고 "그러나"의 맥락을 살리기 위해—"모진 숨을 거두고"를 시절의 끝에 위치시킬 수밖에 없었다. 이 어절과 "나신으로 죽었건만" 사이에 간격을 확보하려던 시도가 포기된 것이다. 또한 이와 함께 "수정"과 "그녀" 사이가 멀어지고 말았는데, 명사의 성이 없는 우리말에서 그 두 인물의 동일성을 짐작하기 위해서는 이 역시 물의 요정은 대체로 여성이라는 신화적 코드에 의지할 수밖에 없게 되었다. 특히, 이 물의 요정이 거울의 번들거림이며, 그 죽음이 지상적인 빛의 마지막 소멸임을 이해한다면, "그녀"의 정체를 불확실하게 만들었다는 것은 이 번역의 큰 손실이다. 그러나 나는 어쩔 수 없이 이 역문을 출판사에 넘겼다.

나는 여기까지 말라르메의 「yx 각운의 소네트」에 대해 내가 만들어낸 세 개의 번역을 제시하고 그것들이 각기 원문의 의미를 시의 형식으로 올바르게 재현하는 일에 어떻게 실패하고 있는가를 검토하였다. 물론 여러 가지 다른 역문들을 더 제시할 수는 있겠으나, 필자의 능력으로서는, 거기서도 역시 하나의 약점을 보완하기 위해 다른 약점을 불러들이면서 그 실패를 또다시 확인하게 될 것이 분명하다. 결국 시는 번역될 수 없다는 일반적인 생각을 다시 확인하기 위해 이제까지 쓸데없이 긴 수고를 한 셈이 되었다.

그러나 번역자로서의 나는 이 실패들을 앞에 놓고, 말라르메 그 사람도 자신의 시쓰기가 늘 실패에 이르고 말았다고 한탄하였던 사실을 상기하게 된다. 한 예로 그는 시쓰기의 숙명적인 실패를 이렇게 고백하였다.

> 복수이며, 최상의 언어가 없다는 점에서 불완전한 언어들: 생각한다는 것은 부수적인 도구들도 속삭거림도 없이 쓴다는 것이기에, 그러나 불후의 언어가 아직도 침묵하고 있기에, 지상에서 관용慣用의 다양함은, 그렇지 않았더라면, 단 한 번의 발음

> 에 의해 물질적으로 진리 그 자체로 될 낱말들을 아무도 말할 수 없도록 방해한다.[8]

시인은 "진리 그 자체로 될 낱말들"을 발음하려 하지만, 한 역사적 집단의 주관성에서도, 자기 시대의 주관성에서도 완전히 벗어나지 못하고 자기 언어의 관용에 붙잡혀 있기에, 그 시도에 성공할 수 없다. 번역자 역시 그 나름대로 역사적·시대적 주관성의 총체인 자기 모국어의 방언성에 방해를 받아, 한 언어체계에서 생성된 시를 다른 언어로 옮겨놓는 일에 실패한다. 시인이 "화자로서의 시인의 소멸"[9]을 기하여 "정신적인 우주가 스스로를 보고 스스로를 전개해가게 하기 위한 하나의 대응능력"[10]으로만 남으려는—이 문제의 시에서라면, 지상의 어둠 속에 "반짝임들의 칠중주"만을 남기려는—노력은, 자기 언어의 모든 상투적 성격을 누르고 한 시에 대한 대응능력만을 남기려는 번역가의 작업에서 그 축소된 형식을 발견할 수도 있을 것이다.

비단 말라르메의 시뿐만 아니라, 시대를 넘어서서 읽어야 할 가치가 있는 모든 시는 늘 그것이 기대고 있는 언어의 뿌리

---

8) Mallarmé, Crise de vers, *Œuvres complètes II*, Gallimard, 2003, p. 208. 번역 필자.

9) Mallarmé, 같은 글. 번역 필자.

10) 1867년 5월 14일 또는 17일 카잘리스에게 보낸 편지.

를 흔들어, 보편적 언어의 전망에서 일상적 의식의 전도를 시도한다. 하나의 언어가 다른 언어의 시를 번역하는 말이 되기 위해서도 그 언어에 내장된 보편적 표현력을 한계에 이르기까지 동원해야 한다. 이 점에서 번역가의 일은 벌써 시인의 일이라고 감히 말할 수 있다. 프랑스 문학만을 고려의 대상으로 삼더라도, 르네상스기의 뒤 벨레와 롱사르를 비롯하여, 근대의 네르발, 보들레르, 말라르메, 이브 본푸아처럼, 시어의 획기적인 개혁에 성공했던 시인들이 모두 뛰어난 번역가였거나 번역가로서의 의식을 지녔다는 점은 시사해주는 바가 크다. 번역이 비록 한 편의 시를 흠집 없이 옮겨놓는 일에는 실패해도, 바로 그 흠집을 통해서 적어도 그 시의 언어 의식을 인상 깊게 체험하고 그것을 자기 언어로 구체화하려는 노력으로 보편적인 '시'의 길에 한 걸음 더 가까워질 수 있다는 점에서 시 번역을 비롯한 문학번역의 번역 가능성을 전망해야 할 것 같다.

(2012년 『문예중앙』 겨울호)

섬의 상징 섬의 서사

정현종의 시 「섬」(『나는 별아저씨』, 문학과지성사, 1978)은 두 행으로 끝나는 짧은 시이다. 시를 좋아하는 다른 사람들처럼 나도 이 시를 외우고 있지만, 여기서 '섬'이 무엇을 뜻하는지 확연히 이해된 적은 없다.

> 사람들 사이에 섬이 있다.
> 그 섬에 가고 싶다.

내가 어느 서예가의 집을 방문했을 때, 그 집의 필통에 이 시가 새겨져 있었다. 잘 만든 도자기 필통이었다. 그 필통이 놓인 다탁을 사이에 두고 주인과 내가 마주앉자, 우리는 마치 이 시를 주제로 한 설치미술품처럼 느껴졌다. 내가 저 사람을 만나려면 섬인 필통을 징검다리로 삼아야 할 것인가. 그렇지 않다. 저 사람도 섬으로 올 것이니 섬은 경유점이 아니라 목적지다. 다만 이 만남의 자리가 들판이나 광장이 아니란 것은 이상하다. 나도 고독하고 저 사람도 고독해서, 그 만남 또한 고독한 성질을 지닌다고 말해야 할 것 같다. 그런데 여기까지 생각하다가, 섬에서 어린 시절을 보냈던 나는 문득 반발한다. 그렇다면 섬에 살고 있는 사람들의 처지는 무엇이란 말인가. 그래서 고쳐 생각한다. 사람들은 섬처럼 떨어져 있지 않다. 그들은 서로 만나고 생각과 감정을 서로 교환한다. 그러나 그들이 완전히 만나는 것은 아니다. 저마다 끝까지 털어놓지 못하는 어떤 마음의 조각을 지니고 있다. 그것이 사람들 사이에 고독한 섬을 만들고 사람들을 고독하게 한다. 그 섬에 발을 들여놓을 수만 있다면 사람과 사람은 완전히 만날 수 있을 터인데 사람들은 거기에 가고 싶어 하면서도 쉽게 가지 못한다. 그런데 여기서 또 예의 섬 소년은 똑같은 질문을 늘어놓게 한다. 그렇다면 섬에 사는 사람들은 절대적으로 화평하거나 절대적으로 고독하다는 말인가. 어쩌면 시를 더 단순하게 읽어야 할지도 모르겠다. 시인은 바다에 떠 있는 섬을 바라보며, 다른 해안에서 그 섬을 바라볼 사람을 생각하고 있을 것 같기도 하다. 나는 또 조용하게 대꾸한다. 섬의 기슭에도 이쪽저쪽 건너편 해안을 바라보는 사람이 서 있을 텐데…… 정현종의 「섬」과 관련된 내 비극은, 적어도 섬에 관한 한, 남들이 상징이나 비유로 받아들이는 말에 늘 공연한 사실을 들이대려는 어떤 강박증에 있다. 내 할아버지의 행장에는, 기차 여행중에, 섬에 살면 식수는 어떻게 해결하느냐는 옆 사람의 질문을 받고 그 사람의 빰을 때린 사건이 있다. 할아버지도 할아버지의 아들인 아버지도 오래전에 저쪽 어두운 세계의 사람이 되었지만 나는 여전히 그 할아버지의 손자인 것이다.

중학교 국어 교과서에서던가, 유치환의 시 「울릉도」를 읽었을 때도 찬탄하는 마음에 억울한 마음이 조금 섞여 있었다. 「울릉도」는 「섬」보다 길고 유려한 시이지만, 시의식의 관점에서 본다면 훨씬 더 소박하다. 시집 『울릉도』(행문사, 1948)에서, 한자는 한글로 바꾸어 옮긴다.

동쪽 먼 심해선 밖의
한 점 섬 울릉도로 갈거나.

금수로 구비쳐 내리던
장백의 멧부리 방울 뛰어
애달픈 국토의 막내
너의 호젓한 모습이 되었으리니.

창망한 물굽이에
금시에 지워질 듯 근심스리 떠 있기에

동해 쪽빛 바람에
항시 사념의 머리 곱게 씻기우고,

지나 새나 뭍으로 뭍으로만
향하는 그리운 마음에
쉴 새 없이 출렁이는 풍랑 따라
밀리어 밀리어 오는 듯도 하건만,

멀리 조국의 사직의
어지러운 소식이 들려올 적마다
어린 마음의 미칠 수 없음이
아아 이렇게도 간절함이여.

동쪽 먼 심해선 밖의
한 점 섬 울릉도로 갈거나.

시에서 이 나라의 섬을 대표하는 '울릉도'는 애국적이다. 이 외로운 섬은 조국과 사직을 걱정한다. 어쩌면 이 애국은 "애달픈 국토의 막내"의 심정이기에 늘 부족하고 어느 정도는 운명적으로 강요된 것일 수도 있다. 청마는 이 시를 착상할 때도, 쓸 때도 분명 지도를 보고 있었을 것이다. "심해선 밖"이란 말이나 "금시에 지워질 듯 근심스리 떠" 있다는 말이 이를 증명한다. "쉴 새 없이 출렁이는 풍랑 따라/밀리어 밀리어 오는 듯도 하건만"이란 시구는 그 지도가 별로 크지 않았을 것이라고 짐작하게도 한다. 지도는 많은 것을 상념하게 하지만, 작은 지도 속에 그려진 작은 섬만큼 추상적인 것도 드물다. 좁쌀만한 점이나 폐곡선으로 그려진 섬은 산정을 표시하는 검은 삼각형보다 더 많은 것을 알려주지 않는다. 어떤 사람의 눈에 그것은 땅과 바다만 있어야 할 세계의 그림에서 잘못 복사한 사진의 '노이즈'처럼 보일 수도 있다. 그래서 지도 속의 섬은 해가 뜰 때나 질 때나 "뭍으로 뭍으로만" 다가와 저 자신을 지워버리려고 한다. 울릉도의 애국심은 그래서 저 '노이즈'를 안타깝게 여기는 사람의 마음이 거꾸로 투영된 것일 수도 있다.

그러나 이렇게 말하는 나에게 이 유려하고도 애달픈 시를 폄하하거나 청마를 비난하려는 뜻이 있는 것은 전혀 아니다. '울릉도'는 말 그대로 상징일 뿐이며, 어수선한 해방 정국에서 조국의 운명을 염려하면서도 의지에 힘이 못 미치는 시인 그 자신의 처지를 드러내는 시적 상관물일 뿐이다. 다만 내가 어린 시절을 한 점 상징 속에서 살았다는 것이 자못 황당하다고 말하려던 것인데, 사실은 유치환도 섬사람이다. 그는 1908년 거제도 둔덕골, 현재의 행정구역으로는 거제시 둔덕면 방하마을에서 태어났다. 거제도는 울릉도보다 훨씬 큰 섬이다. 철이 들기 전에 뭍으로 옮겨 살았으며, 「울릉도」를 쓸 당시 조선청년문학가 협회 회장을 역임할 만큼 저명한 지식인이었던 유치환의 경우는 더욱 그렇겠지만, 예사 섬사람들도 자신이 섬사람인 것을 보통은 잊고 살며, '호젓한 섬'이라는 말을 들으면 그런 섬이 어디에 따로 있는 것처럼 생각하기까지 한다. 그들은 자주 섬을 떠나고 싶어하지만, 세상의 모든 사람이 제가 살던 곳을 떠나 다른 곳으로 가고 싶어하는 것만큼만 떠나고 싶어한다. 그들도 어떤 상징적 세계를 찾고 있지만, 아니 상징적 세계를 찾고 있기에, 제가 사는 곳이 상징이 되는 것을 보고는 적지 않게 놀라며 불편하게 여길 것이다.

상징은 온갖 서사에 들어가 빛나는 성좌를 구성하지만 상징에서 서사가 나오지는 않는다. 넓은 공간에서 어떤 자리가 지녔을 성싶은 이상한 기운은 그 자리가 폐쇄되어 있다는 것을 뜻할 때가 많다. 그 안에서 일어나는 사건은 그것이 아무리 특별한 것이어도, 사건은 거기서 시작해서 거기서 끝난다. 사건은 일어나지 않은 사건과 다를 것이 없다. 섬이 어떤 상징이 될 때도 그렇다. 우리 시대의 영화가 그 점을 웅변한다. 김한민 감독의 영화 〈극락도 살인사건〉(2007)에서는 섬 주민 17명 전원이 흔적도 없이 사라진다. 서사는 밀실추리극의 플롯을 그대로 밟는다. 섬은 밀실에 해당한다. 사건의 발단은 어느 제약회사의 신약개발을 위한 음모에서 비롯한 것으로 밝혀지지만, 제약회사도 감독도 섬을 처음부터 하나의 폐쇄적 상징으로 여겼다는 점에서 사건의 원인과 결과가 모두 섬에 있는 것이나 같다. 제약회사의 음모는 그 밀실을 들여다보기 위한 작은 창구에 지나지 않는다. 장철수 감독의 영화 〈김복남 살인사건의 전말〉(2010)에서는 그 점이 더욱 극명하다. 김복남에게 원한을 품게 한 것도 폐쇄된 사회의 풍속이며, 그 끔찍한 연쇄살인을 가능하게 한 것도 섬의 폐쇄된 환경이다. 김복남은 마침내 섬을 벗어나서도 살인을 저지르지만 그녀의 마지막 범행 장소인 포구의 파출소나 그녀가 숨을 거둔 파출소의 유치장은 경계가 약간 확대된 섬일 뿐이다. 살인사건의 전말을 목도한 김복남의 친구가 이를 계기로 실존적 결단을 내려 삶의 태도를 바꾸지만, 이 교훈 역시 섬을 바라보는 하나의 창구일 뿐이다. 서사는 섬을 벗어나지 않는다. 폐곡선 속에서 서사는 지워진다. 울릉도의 "아아 이렇게도 간절함"이 어떤 서사를 만들어도 그것은 자체 안에서 소멸된다. 오직 창구 하나를 열어놓고 섬은 상징이 되고 상징은 섬이 된다. 사람들은 그 섬에 가고 싶어하지만 누구도 상징 속에 살러 갈 수는 없다.

함민복의 「섬」(『말랑말랑한 힘』, 문학세계사, 2005)도 짧은 시이다. 그러나 정현종의 섬이 바라보는 섬인 데 비해 함민복의 섬은 그가 살고 있는 섬이어서인지 시가 한 줄 더 길다.

물울타리를 둘렀다

울타리가 가장 낮다

울타리가 모두 길이다

섬을 둘러싼 바다가 아주 낮은 울타리인 것은 사실이지만, 시인이 사실을 다 말한 것은 아니다. 바다는 낮은 울타리이지만 또한 아주 넓은 울타리이다. 이 울타리는 고려시대에 당시 세계 최강의 군대인 몽골군을 수십 년 동안이나 막아냈다. 넓은 울타리만 길이 될 수 있다. 섬을 모르는 사람들은 그 넓은 울타리가 섬을 상징으로 만든다고 생각하지만 섬에 삶의 터전을 둔 사람들에게 그 넓은 울타리는 서사의 길이 된다. 그 넓은 울타리에서 일용할 양식이 길러지고, 그 울타리를 타고 소식이 오가고, 그 울타리에서 모험이 시작된다. 시가 없어도 사는 사람들에게 시는 거룩하고 고결하나 메마를 뿐인 상징이지만, 시에 목숨을 걸고 사는 사람들에게는 시가 제 삶의 보잘것없는 체험인 것과 같은 이치다. 그러나 제 체험을 글자로 적으려는 사람들은 보잘것없는 모든 체험을 한꺼번에 씻어버릴 또하나의 체험을 찾아 제 터전의 끝까지 가려 한다. 터전의 끝에서 체험은 절박하다. 섬을 둘러싼 모험의 낮은 울타리는 그 절박함을 받아들여 하마터면 상징이 될 뻔한다. 고은이 제주 바닷가에서 쓴 시 「해변의 습득물」(『해변의 운문집』, 신구문화사, 1966)을 후반부만 옮겨 쓴다. 한자는 한글로 바꾸거나 괄호 속에 넣었다.

바다는 전신으로 나타난다.
멀리 멀리 보낸 사신은 돌아오지 않고
저 적선敵船들의 아우성이 자는 바다는 숨지 않는다.

이제 나의 뒤를 딸지 말라.
내 외로운 옷을 날리는
고막의 적막.

바야흐로 최후의 짐朕으로서
한 조개껍질을 줍노라.

또한 한 조개껍질을 버리노라.

아아 국치國恥의 모래 위에 서서,
한 이름 앞으로
파도는 부서진다.

파도여, 내가 왕이었노라. 왕이었노라.

시인은 막막하고 거대하기에 그만큼 순수한 바다 앞에서 치욕으로 살아온 제 삶을 지워버리고, 이제 제 존재를 주재하는 왕이 되려 한다. 다른 삶의 소식을 묻기 위해 보낸 사신들은 돌아오지 않지만, 그 소식의 형해나 파편일 조개껍데기는 그 바닷가에서 주울 수 있다. 그러나 지워버려도 남는 저 부끄러운 삶의 흔적은 그 조개껍데기를 줍는 손에까지 묻어 있다. 시인은 주웠던 조개껍데기를 버린다. 자아의 더러운 삶과 맞서는 저 적병의 파도가 하나씩 부서지며 내 몸을 씻긴다 해도 삶은 지금 이 순간까지 쉬지 않고 따라온다. 그래서 나는 "바야흐로 최후의 짐朕"이며, 과거형으로만 왕이다. 한 파도를 맞아들이는 최후의 짐이며, 한 파도를 이별하는 과거의 왕이다. 나는 과거형으로만 왕이며, 과거형으로만 순결하다. 지금 이 순간을 서사하는 나는 상징이 아니다. 시는 바다 위에 편안한 섬을 띄워놓고 지난날을 말하지 않는다. 섬은 제 삶의 극한을 체험하려는 사람이 서 있는 모든 땅과 마찬가지로, 상징이 아니라 그 상징을 향한 전진기지다.

나는 오래전부터 '그 섬에 관한 끝없는 이야기'라는 제목으로 책을 한 권 쓰고 싶었다. 그 일이 이루어지지 않은 것은 무엇을 써야 할지, 어떻게 써야 할지 내내 결정하지 못했기 때문이다. 그 섬은 물론 내가 어린 시절을 보낸 섬이다. 끝이 없다는 것은 그 섬도 다른 땅과 마찬가지로 길로 둘러싸여 있다는 것이다. 그러나 어느 길을 먼저 이야기해야 할 것인가. 내가 살던 섬은 이제 찾아가야 할 섬이 되었다. 섬을 떠나온 지 너무 오래 되었다. "난바다의 시원한 공기며 사방의 수평선으로 자유스럽게 터진 바다를 섬 말고 어디서 만날 수 있으며 육체적 황홀을 경험하고 살 수 있는 곳이 섬 말고 또 어디에 있겠는가? 그러나 우리는 섬에 가면 '격리된다'." 장 그르니에처럼 이렇게 말하게 될까봐 두렵다.

(2013년 『문예중앙』 봄호)

산문시와 음악

어쩌면 1919년에 발표된 주요한(1900~1979)의 「불놀이」를 한국현대시사의 상처라고 불러야 할지도 모르겠다. 그것을 우리의 첫 산문시라고도 불러왔고 첫 자유시라고도 불러왔지만 그 '첫'이라는 말이 거북하게 여겨진 지가 벌써 오래다. 김윤식은 1973년에 발간한 『한국근대문학의 이해』에서 이렇게 썼다.

> 서구에서는 시의 작법과 라임이라는 고래부터 격을 형성하여 큰 압력으로 작용한 것에서 이탈한 것이라서 이 자유시화에는 상당한 긴장력이 동반되는 것이 원칙이다. 이러한 압력이 전무한 자리에서 그가 자유시 곧 산문시로 한국에서 작품을 쓴 것이 곧 「불놀이」이다. 그러므로, 「불놀이」라는 작품은 내 생각엔 거의 무가치한 작품일 따름이다. 그것은 하나의 수필 토막이지 산문시는커녕 시라고 할 수조차 없다.

정확한 주장이고 옳은 지적이다. 그러나 산문시나 자유시가 나타나기 이전의 서구 시가 라임의 체계 곧 각운도식의 압력만 받았던 것은 아니다. 자로 재듯이 정확하게 배분해야 하는 음절 수 내지 박자의 구속과 시의 장르마다 다른 까다로운 형식의 억압이 있었다. 보들레르와 같은 시대에 비련과 가난을 주제로 눈물 젖은 시를 썼던 마르슬린 데보르드-발모르는 소네트의 거장이었던 그에게 편지를 보내, 자기는 여자라서 "소네트를 쓰기에는" 육체적인 힘이 부족하다고 말했다. 소네트와 같은 정교한 정형시는 말 그대로 육체적 노동을 요구했다. 한 무더기의 낱말이나 문장을 주어진 형식에 구겨넣는다고 해서 되는 일이 물론 아니었다. 시를 해석할 때, 왜 다른 낱말이 아닌 이 낱말을 썼느냐는 질문에 각운이나 박자를 맞추기 위해서라는 대답이 아예 나올 수 없어야만 정형시는 원칙적으로 성공한 시가 된다. 그래서 산문시나 자유시의 출현은 시의 해방이었고, 시인에게 주어진 어마어마한 면책권이었다. 「불놀이」는 어디에서 무엇을 해방하였을까. 이 시가 근대적 서정시의 효시였다는 주장도 가끔 듣는다. 한시를 제외한다면, 우리에게 지금까지 생명을 가진 유일한 정형의 서정시는 말할 것도 없이 시조다. 주요한이 그의 나이 열아홉에 썼던 이 시는 그 시대의 시조를 뛰어넘을 만한 어떤 서정적인 깊이를 확보하고 있는가. 그 서정성에 현대적이라고 부를 만큼 특별한 힘이 있는가. 분석해야 할 필요가 없더라도 그 전문을 적어보자.

아아 날이 저문다, 西便 하늘에, 의로운 江 물 우에, 스러져 가는 분홍빛 놀…… 아아 해가 저물면, 날마다 살구나무 그늘에 혼자 우는 밤이 또 오것마는, 오늘은 四月이라 패일 날 큰 길을 물밀어 가는 사람 소리는 듯기만 하여도 흥셩시러운 거슬 웨 나만 혼자 가슴에 눈물을 참을 수 업는고?

아아 춤을 춘다, 춤을 춘다, 싯벌건 불덩이가, 춤을 춘다. 잠잠한 城門 우에서 나려다 보니, 물냄새 모랫냄새 밤을 깨물고 하늘을 깨무는 횃불이 그래도 무어시 부족하야 제 몸까지 물고 뜨들때, 혼자서 어두운 가슴 품은 절믄 사람은 過法의 퍼런 꿈을 찬 江물 우에 내여 던지나, 무정한 물결이 그 기름자를 멈출 리가 이스랴? 아아 꺽거서 시들지 안는 꼿도 업것마는, 가신 님 생각에 사라도 죽은 이 마음이야, 에라 모르겟다. 저 불낄로 이 가슴. 태와 버릴가, 이 서름 살라 버릴가, 어제도 아픈 발 끌면서 무덤에 가보았더니 겨울에는 말랏던 꼿이 어느덧 피엇더라마는 사랑의 봄은 또다시 안 도라 오는가, 찰하리 속 시언이 오늘 밤 이 물속에…… 그러면 행여나 불상히 녀겨 줄 이나 이슬가…… 할 적에 퉁, 탕, 불띄를 날니면서 튀여나는 매화포, 펄덕

精神을 차리니 우구구 떠드는 구경군의 소리가 저를 비웃는 듯, 꾸짓는 듯. 아아 좀더 强烈한 情熱에 살고 십다. 저긔 저 횃불처럼 엉긔는 煙氣, 숨맥히는 불꼿의 苦痛 속에서라도 더욱 뜨거운 삶을 살고 십다고 뜻밧게 가슴 두근거리는 거슨 나의 마음……

四月달 다스한 바람이 江을 넘으면, 淸流碧, 모란봉 노픈 언덕 우에 허여케 흐늑이는 사람 떼, 바람이 와서 불 적마다 불비체 물든 물결이 미친 우슴을 우스니, 겁 만흔 물고기는 모래 미테 드러 백이고, 물결치는 뱃슭에는 조름 오는 「니즘」의 形像이 오락가락— 얼린거리는 기름자, 닐어나는 우슴소리, 달아 논 등불 미테서 목청껏 길게 빼는 어린 기생의 노래, 밧개 情念을 잇그는 불구경도 인제는 겹고, 한 잔 또 한 잔 끗업슨 술도 인제는 실혀, 즈저분한 뱃미창에 맥업시 누으면 까닭 모르는 눈물은 눈을 데우며, 간단 업슨 쟝고소리에 겨운 男子들은 때때로 물니는 慾心에 못 견듸어 번득이는 눈으로 뱃가에 뛰여 나가면 뒤에 남은 죽어 가는 촉불은 우그러진 치마깃 우에 조을 때, 잇는드시 찌걱거리는 배젓개 소리는 더욱 가슴을 누른다……

아 강물이 웃는다, 怪상한 우슴이다, 차듸찬 강물이 껌껌한 하늘을 보고 웃는 우슴이다. 아아 배가 올라온다, 배가 오른다,

바람이 불 적마다 슬프게 슬프게 삐걱거리는 배가 오른다……

저어라, 배를, 멀리서 잠자는 綾羅島까지, 물살 빠른 大同江을 저어오르라. 거긔 너의 愛人이 맨발로 서서 기다리는 언덕으로 곳추 너의 뱃머리를 돌니라. 물결 끄테서 니러나는 추운 바람도 무어시리오, 怪異한 우슴 소리도 무어시리오, 사랑 일흔 靑年의 어두운 가슴 속도 너의게야 무어시리오, 기름자 업시는 「발금」도 이슬 수 없는 거슬—. 오 다만 네 確實한 오늘을 노치지 말라. 오 사로라, 사로라! 오늘 밤! 너의 발간 횃불을, 발간 입셜을, 눈동자를, 또한 너의 발간 눈물을……

—「불놀이」 전문(『창조』 창간호 1919년 2월)

이 혼란된 텍스트에 물과 불의 물질적 상상력을 결부시킬 수도 있고, 생명과 죽음의 길항 관계나 리비도와 초자아의 대립 구도를 들이밀 수도 있고, 구조주의 시학의 예에 따라 계열축과 통합축 같은 것을 거기서 발견할 수도 있겠다. 그러나 훌륭한 말로 설명된다고 해서 텍스트가 훌륭해지는 것은 아니다. 사실은, 어떤 텍스트를 두고 저열하다고 말한다면, 그것은 그 텍스트가 훌륭한 말의 그물을 단 한 치도 벗어나지 못한다고 말하는 것과 같을 때가 많다. 물론 이 텍스트가 당시에 발표된 이런 저런 '작품들'에 비해 특별히 저열한 것은 아니다. 게다가 훌륭한 말의 그물에 쉽게 붙잡히지 않는 구절도 없지 않다. 무엇보다도 마지막 연의 "거긔 너의 愛人이 맨발로 서서 기다리는 언덕"에서 "너의 愛人"은 누구일까. "기름자 업시는 「발금」도 이슬수 없는 거슬"이라는 갑작스러운 깨달음이 무덤 속에 누워 있을 "가신 님"을 살아돌아오게 할 수는 없을 것이다. 언덕 위의 애인보다 무덤 속의 애인을 먼저 문제로 삼는다면 의문이 쉽게 해결될 수 있을지 모르겠다. 무덤 속의 애인은 없다. 식민지의 열아홉 살 우울한 청년은 한 여자를 사랑하기도 전에 그 여자가 무덤 속에 들어가버린 것처럼 매양 슬펐을 것이다. 초파일 불놀이의 폭죽은 덧없는 한순간이라도 이 청년을 그 상실 망상에서 구한다. 그러나 애인이 무덤에 누워 있는 시간은 한없이 길지만 애인이 언덕에서 맨발로 기다리는 시간은 불꽃이 터져나와 사라지는 시간만큼이나 짧다. 그 점이 한편으로는 이 텍스트의 급박하면서도 단조로운 리듬—"조름 오는 「니즘」의 形像"—을 설명해주기도 할 것이다.

이 텍스트에 '첫'을 운위했던 사람들은 또한 이 리듬에 '내재율'이라는 이상한 말을 끌어다붙였다. 개념 설명이 사실상 불가능한 이 괴물 같은 말은 일본 사람들이 조작한 것이지만 산문시를 '발명'한 보들레르에게도 그 책임이 전혀 없는 것은 아니다. 보들레르는 산문시집 『파리의 우울』의 서문에 해당하는 「아르센 우세에게」에 다음과 같은 구절을 써넣었다.

> 우리들 가운데 누가, 그 야심만만한 시절에, 리듬도 각운도 없이 음악적이며, 혼의 서정적 약동에, 몽상의 파동에, 의식의 소스라침에 적응할 수 있을 만큼 충분히 유연하고 충분히 거친, 어떤 시적인 산문의 기적을 꿈꾸어보지 않았겠소?

문제는 "리듬도 각운도 없이 음악적"이라는 말에 있다. 흔히 말하는 시의 음악성이 음수율과 각운이 마련하는 음향의 반복에 있는 것은 우리가 익히 아는 바다. 보들레르가 여기서 말하는 음악을 그 관점에서 이해하기는 어렵다. 이 음악은 박자와 음향의 반복이 아닐뿐더러, 심리적이거나 주관적인 리듬 같은 것도 아니고 어떤 리듬의 인상 같은 것조차도 아니다. 보들레르가 「에드거 포에 대한 새로운 노트」에서 "영혼이 무덤 너머에 위치하는 찬란한 것들을 모두 엿보는 것은 시에 의해서, 동시에 시를 통해서이며, 음악에 의해서, 동시에 음악을 통해서"라고 말할 때의 '음악'에 해당하는 이 음악은 지극히 추상적인 어떤 정신상태를 의미한다. 리듬과 각운은 그 쾌적한 성질에 의해서도 말과 시를 구분해주지만, 그 표지의 기능에 의해서도 말에 특별한 지위를 부여한다. 그것은 낭만주의 연극에서 무대와 객석을 가르는 프로시니엄아치와도 같으며, '여기서부터는 신을 벗으라'고 써놓은 성소 앞의 팻말과도 같다. 독자는 그 표지 앞에서 자기 존재를 많게건 적게건 다른 자리로 들어올릴 특별한 기운을 기대한다. 리듬도 각운도 없는 산문시는 일정한 내용의 산문적 진술에만 의지하여 정신이 서정적으로 약동하고, 몽상이 물결치고, 의식이 소스라치는 어떤 마음의 상태를 야기하려 한다. 그 상태, 또는 그 상태를 만들어내는 힘이 음악이다.

최근에 발간된 김정환의 시집 『거푸집 연주』(창비, 2013)의 「서시」에는 다음과 같은 시구가 있다.

> 너는 네가 아니라
> 내 고막에 묻은 작년 매미 울음의
> 전면적, 거울 아니라
> 나의 몸 드러낼 뿐 아니라, 연주가 작곡뿐 아니라
> 음악의 몸일 때
> 피아노를 치지 않고 피아노가 치는 것보다 더 들어와 있는
> 내 귀로 들어오지 않고 내 귀가 들어오는 것보다 더 들어와 있는
> 너는 나의
> 연주다.

리듬과 각운으로 연주되지 않으면서도 귓속에 들어와 있는, 또는 귀가 그 속에 들어가 있는 어떤 정신적 공간은 "무덤 너머에 위치하는 찬란한 것들이 모두" 제 빛을 드러내는 자리이다.

보들레르가 말하는 “음악적”을 ‘시적’이라는 말로 바꾸어 쓸 수 있는 이유가 바로 그것이기도 하다.

프랑스의 19세기가 다 가기 전에, 보들레르의 말을 가장 잘 알아들은 사람은 필경 랭보였다. 다음은 그의 사후에 발간된 산문시집 『일뤼미나시옹』에 수록된 「콩트」의 전문을 우리말로 옮겨본 것이다.

어떤 임금이 비속한 관용을 완성하는 데만 진력하다가 그만 비위가 상했다. 그는 사랑의 놀라운 변혁을 내다보았으며, 자기 여자들이 천상과 호사로 장식된 그따위 아첨보다 더 나은 것을 보여줄 수 있지 않을까 생각했다. 그는 진실을, 본질적인 욕망과 본질적인 만족의 시간을 보고 싶었다. 그것이 신앙심의 탈선이건 아니건 간에 그러고 싶었다. 적어도 그는 인간으로서의 권력을 제법 넉넉하게 지니고 있었던 것이다.

그를 알았던 모든 여자가 살해되었다. 미의 정원이 얼마나 황폐해졌던가! 칼날 아래서, 여자들은 그를 축복하였다. 그는 다른 여자들을 불러오라고 하지 않았다—여자들은 다시 나타났다.

그는 사냥이나 주연 뒤에, 자기를 따르던 자들을 모두 죽였다—모두들 그를 따랐다.

그는 사치스러운 애완동물들의 목을 베며 즐거워했다. 그는 궁전들에 불을 지르게 했다. 그는 사람들에게 달려들어 갈기갈기 조각을 냈다—군중도, 황금지붕도, 아름다운 짐승들도 여전히 존재했다.

파괴 속에서 황홀할 수 있을까, 잔인함으로 다시 젊어질 수 있을까! 백성들은 불평하지 않았다. 아무도 간언을 들이밀지 않았다.

어느 날 저녁, 그는 오연하게 말을 몰았다. 한 마신이 나타났다, 필설로는 다 형언할 수 없고 차마 입에 담을 수조차 없이 아름다운 마신이. 그의 용모와 자태로부터 솟아나왔다, 어떤 다양하고 복잡한 사랑의 약속이! 말로 그릴 수 없고 참을 수조차 없는 행복의 약속이! 임금과 마신은 필경 본질적인 건강함 속에서 사라졌다. 어찌 그들이 죽지 않을 수 있었겠는가? 따라서 함께 그들은 죽었다.

그러나 이 임금은 자기 궁전에서, 보통 사람들과 같은 나이에 사망했다. 임금은 마신이었다. 마신은 임금이었다.

우리의 욕망에는 공교한 음악이 부족하다.

랭보가 "사랑의 놀라운 변혁"을 말할 때의 사랑은 우주의 에로스가 인간의 존재를 완전히 점유한 상태, 곧 존재의 예술적 상태를 뜻한다. 그는 '투시자'가 되어, "천상과 호사"의 장식으로 비속한 독자들과 영합할 뿐인 미의 개념을 바꾸고 시를 개혁하려 했다. 그는 『지옥에서 보낸 한 철』에서도 벌써 이렇게 썼다. "어느 날 저녁 나는 미를 내 무릎에 앉혔다—그러고 보니 그게 고약한 년임을 알았다—그래서 욕을 퍼부어주었다." 그의 시대에 시단을 주도하던 파르나스파의 시는 진실하지 않았으며, "본질적인 욕망과 본질적인 만족"을 약속하지 못했을 뿐만 아니라 그것이 무엇인지조차 알지 못했다. 그는 「꽃에 대해 시인에게 하는 말」을 쓰며, 『난행시집』에 참여하며, 가능한 모든 반항을 시도했지만, 세상은 요지부동이었다. 궁정의 여자들을 살해하면 살해한 만큼의 여자들이 다시 나타나고, 궁궐을 불태우면 불태운 자리에 궁궐은 그대로 서 있다. 어느 날 저녁 시인은 마신을 만났다. '마신'이라고 옮긴 프랑스어의 'Génie'는 본래 '인간의 운명을 지배하는 영이나 마력을 지닌 귀신'을 뜻하는 말이며, 어떤 개념의 '화신' '재능' '천재' 등은 그 전의이다. 시인은 자신이 희구하는 미의 개념을 실현시켜줄, 어쩌면 미의 개념 그 자체인 어떤 존재를 만난 것이다. 마신은 그에게 "말로 그릴 수 없고 참을 수조차 없는 행복"을 약속했고, 그 약속은 지켜질 것이 분명했다. 그들은 삶의 절정에서 이 단조롭고 지루한 세계를 떠났다. 그러나 "임금은 마신이었다. 마신은 임금이었다." 다시 말해서, 시인은 마신처럼 유력한 자였으며, 마신은 시인처럼 무력한 자였다. 시인은 강력하게 꿈꾸었지만, 무력한 꿈밖에는 다른 수단이 없었다. 임금은 "보통 사람들과 같은 나이에 사망했다". 다시 말해서, 이 뛰어난 능력자의 생애는 무력한 다른 사람들의 생애와 다를 것이 없었다.

"우리의 욕망에는 공교한 음악이 부족하다." 이것이 시의 마지막 말이다. 꿈을 현실로 옮기기 위해서는 어떤 특별한 은총이, 또는 특별한 역량이 필요하다는 말일 터이다. "공교한 음악"이라고 옮긴 프랑스어는 'musique savant'이다. 불한사전에서는 보통 이 두 낱말을 묶어 '난해한 음악'이라는 번역어를 달아놓고 있다. 이때 '난해하다'는 말은 어떤 것을 이해하기 위해 사전 지식이나 훈련이 요구된다는 뜻이다. 그러나 시인은 음악을 듣는 사람일 뿐만 아니라 창출하는 사람이다. '난해한'은 창출하는 자의 입장을 드러내지 못한다. 이 시에 대한 나의 여러 번역 버전 가운데는 이 두 낱말을 "묘법의 음악"이라고 옮긴 것도 있다. 천수경의 한 구절인 "무상심심미묘법無上甚深微妙法"에서 뒤의 두 글자만 가져온 것이다. '묘'로 그 음악의 성질과 효과를 드러내고, '법'으로 그 형식성과 보편성을 말하려 한 것이지만, 번역어에 역자의 해석을 가득 실어놓는 것이 좋은 번역 태도일 수는 없다. "공교한 음악"을 마침내 선택했을 때는 그 '공工'에 시인의 노력을 그 '교巧'에 음악의 미묘한 작용을 담자는 뜻이 없지 않았다. 이 말에도 해석이 가득 실려 있는 것이 사실이지만, '공교하다'는 보통 쓰는 말이고 흔한 말이다. 그러나 저 이상한 음악이 그 자체로서 "말로 그릴 수 없고 참을 수조차 없는 행복의 약속"인지, 시가 모름지기 도달하려고 애써야 할 현실적 목표인지는 여전히 알 수 없다. 다만, 산문시가 음악을 거부하고 음악에 도달하려 한다고는—상대적 음악의 위로를 물리치고 절대적 음악의 시험에 투신하려 한다고는—말할 수 있겠다.

그리고 말이 나온 김에, 보통 산문시를 자유시의 하위 장르로 여기고 있지만, 발생사의 관점에서 본다면 산문시가 자유시보다 먼저 등장하여 먼저 하나의 장르로 자리를 잡았다는 점도 지적해두고 싶다.

(2013년 『문예중앙』 여름호)

전쟁과 자연

전쟁은 생명을 무참하게 살상하고, 그 생명의 터전인 자연마저 대규모로 파괴한다는 점에서 반자연적이지만, 다른 관점에서 본다면, 인간의 문명이 인간의 야만성을 통제하지 못한 상태에서 시작되어, 인간이 자신의 운명을 계획할 수 없는 상태로 인간을 몰아간다는 점에서 전쟁은 자연이 극도로 격화된 상태라고 말할 수도 있다. 그것은 자연이 그 최초의 상태였던 사막으로 돌아가려는 어떤 의지일 것도 같고, 저 자신을 제물로 삼아 그 야만성, 그 자연성을 폭발시키는 일일 것도 같다. 전쟁은 문명의 터전을 사막으로 만든다. 그러나 현대시는 극도로 문명된 삶의 터전에서 벌써 사막을 체험했다. 시인들은 산업화 이후의 거대도시에서 인간의 야만성이 극도로 날카로워진 밀림의 이미지와 생명력의 분출이 가장 낮게 가라앉은 사막의 이미지를 동시에 끌어냈다. 그 대도시에서 살도록 “처형된” 삶에서 이미 감정의 사막을 경험한 현대의 시인들이 사막화의 거대 사건인 전쟁에서 자연에 대한 새로운 성찰의 기회를 얻게 된 것은 우연한 일이 아니다.

현대시가 도시생활과 그 감정의 사막으로부터 탄생하였다는 말은 당연하지만, 거기에 전쟁을 개입시키고 보면 너무 편안한 말이 된다. 도시의 시가 온갖 종류의 사막을 말할 때, 혹은 천상에서 빌려온 듯한 음조를 들려줄 때, 그것은 새로 개척할 환경이나 건강한 미래를 말하려는 것이 아니었다. 잃어버린 낙원은 회복할 수 없다고 오직 그렇게 말하려는 것뿐이었다. 어쩌면 낙원은 존재한 적이 없다고 말하려는 것뿐이었다. 사실 농경사회에서의 자연은 그 끝없는 생산성에 의해 인간생활의 모든 것이었을 뿐만 아니라, 그 부족함에 의해서 자연 이상의 것이었다. 자연에 악이 내재하는 것은 자연이 그 너머에 있는 어떤 본질적인 세계의 복제품에 불과하기 때문이었으며, 자연이 인간의 욕망에 완전히 부응하지 못하는 것은 우리를 그 본질 세계로 데려갈 때까지 우리에게 감춰진 섭리가 그 뒤에 있기 때문이었다. 자연은 본질계의 복제품에 불과하기 때문에 자연보다 위대한 그 본질의 위엄을 과시할 수 있었다. 그러나 시가 옥석구분의 전쟁 앞에 섰을 때, 그것도 인간과 인간의 싸움이 아니라, 인간이 거대하고 전면적인 살상무기와 맞서 싸우는 싸움인 현대 전쟁 앞에 섰을 때, 잃어버린 낙원도, 그 낙원의 섭리도 더이상

존재할 수 없었다. 자연은 단지 부족한 자연일 뿐이었다.

프랑스가 프러시아와 전쟁을 치르고 있던 그해, 1870년에 가출 소년 랭보는 그 출분의 길에서 풀밭에 누워 있는 병사 하나를 본다. 시 「골짜기에 잠든 사람」이다.

그것은 초록의 구멍, 개울 하나가 은빛
누더기를 미친듯이 풀 대궁이에 걸어놓고
노래하고, 태양이 오만한 산꼭대기에서
빛나는 곳. 햇살로 거품 이는 작은 골짜기.

어린 병사 하나가, 입을 벌리고, 맨머리로,
서늘하고 파란 물냉이에 목을 적시고,
잔다. 풀 위에 구름 아래, 그는 누워 있다,
햇빛이 쏟아져내리는 초록 침대 속에 창백하게.

두 발을 글라디올러스 속에 담그고, 그는 잔다. 병든
아이가 미소하면 그런 미소일까, 그는 한숨 자고 있다.
자연이여, 그를 따뜻하게 잠재워라, 그는 춥다.

향기에도 그의 코끝은 움찔거리지 않는다.
햇빛 속에, 고요한 가슴에 손을 얹고

그는 잔다. 오른쪽 옆구리엔 붉은 구멍 두 개가 있다.

골짜기에 잠든 사람은 물론 총을 맞고 죽어 있는 병정이다. 그러나 이 비극은 우리가 마지막 시구를 읽기 전까지는 확실하게 밝혀지지 않는다.

골짜기는 처음부터 일종의 구멍이지만, 녹음까지 짙게 깔려 있어서 그 깊이도 바닥도 보이지 않는다. 시냇물이 햇빛을 받아 은빛으로 반사하여 흐르다가 물풀의 대궁에 걸려 일렁거리니 마치 찢어진 옷처럼 보인다. 강렬한 햇빛이 시냇물의 반사광과 어울려 거품이 이는 것처럼 산란된다. 골짜기는 가출 소년의 눈을 한없이 빨아들인다. 그런데 거기에 한 병사가 잠들어 있다. 입을 벌리고, 모자를 벗고, 가장 편한 자세로 휴식을 취하고 있다. 목덜미를 물냉이 속에 적시고 있다는 표현이 야릇하지만, 이 폭염 속에서 병사는 시원하겠다. 하늘을 지붕 삼고 풀밭을 침대 삼아 누워 있는 그의 몸을 비처럼 쏟아지는 햇살이 이불 되어 감싼다. 병사는 자연의 품속에 오롯하게 들어가 있다.

오롯하게…… 그렇지만 무언가 부족한 것이 있다. 병사의 미소는 행복해 보이지 않는다. 힘이 빠져 있다. 그는 너무 창백하여 추워 보인다. 햇빛보다 더 많은 이불이 필요하지 않을까. 병사는 너무 깊이 잠들어서 그 추위조차도 느끼지 못하는 것일까. 그의 몸이 누워 있는 풀밭은 들꽃 무성하여 향기가 진동하지만,

코끝 한번 씰룩거리지 않는다. 가슴조차 오르내리지 않는다. 숨소리도 없이 조용하다. 그는 완전히 자연이 되어버렸다. 자연이 그의 숨결까지 받아들여버렸다. 그는 죽어 있다.

물론 이 시는 일차적으로 전쟁에 대한 랭보의 혐오감을 말한다. 아직 꽃피지 못한 청춘을 어느 야산에 이름 없는 시체로 던져두게 만든 잔인한 역사를 젊은 시인은 고발하고 싶다. 이를 위해 그가 택한 방법은 충격적이다. 병사의 행복한 휴식이 마지막 시구와 함께 피어린 죽음으로 돌변한다. 시는 섬뜩하다.

이 충격 속에는 시인 자신의 운명에 대한 예감이 담겨 있다. 무한한 어떤 것을 찾아 헤매다가 미지의 어느 산야에 지친 몸을 눕혀버리게 될 운명. 죽음처럼 재빨리 세상을 바꾸게 하는 것은 없다. 이 작은 육체 속에 갇혀 있는 나를 죽음은 일거에 저 광대무변한 공간 속에 풀어 흩어놓는다. 노름꾼이 그의 전 재산을 도박에 걸어두고 파산해버리듯, 너무나 열정이 가득한 젊음은 그의 전 생명력을 죽음에 걸고 불꽃처럼 산화해버리려고 한다. 그러나 그는 죽음으로 정말 자연을 만나게 되고, 그 너머의 본질과 합류할 수 있는 것일까. 이 시에는 구멍이라는 말이 두 번 나온다. 첫 연에는 "녹음의 구멍"이 있고, 맨 마지막 시구에는 병사의 오른쪽 옆구리에 뚫린 "붉은 구멍 두 개"가 있다. 원경으로 자연의 거대한 구멍을 바라보던 젊은 시인의 시선이 풀밭에 잠들어 있는 한 병사를 근경에서 발견하고, 마침내 접사하는 렌즈처럼 붉은 구멍 두 개에 머무는 것이다. 거기에 자연 너머의 것은 없다. 시인은 병사의 소속을 말하지 않는다. 젊은 병사를 죽음의 자리로 내몰던 사람들이 한 인간의 집단이 자연 이상의 것을 실천할 수 있는 것처럼 내세웠던 국가 이데올로기도 거기에는 없다.

첨예한 이데올로기의 싸움에 목숨을 내걸었던 한국전쟁의 병사에 대해서는 다른 시를 쓸 수 있을까. 최영철의 시집 『야성은 빛나다』(문학동네, 1997)에서 「벌집이 된 시간」을 찾아 읽는다.

> 공비는 단내 나는 봄길을 걸어 가을산까지 왔다
> 어지러운 녹음방초
> 멀리서 보면 붉게 물들었던 지난날까지 벌레먹어 노랗다
> 지천에 펄럭이는 억새라도 뜯으며
> 혼자 견디려고 흥얼댄 날들 잊혀질까
> 한 무박 오일 육일쯤
> 추위와 주림에 헤매다보면 어른거린다
> 그리운 얼굴 돌아갈 산천
> 누가 간간이 끊어질 듯 내모는 유언처럼
> 적막한 능선, 포위망이 조금씩 좁혀드는지
> 제발 소리 좀 부스럭거려라
> 숨죽여 걸어온 날들 김이 피어오르며

뜨뜻하게 치미는 국물… 눈물… 피…

한 무박 육일 칠일쯤

아무 체온에도 기대지 못해 말라 바삭거리는 몸

해 가는 쪽으로 기어나오다

잘 데워진 총알 세례 받고 싶다

폭죽처럼 날아와 내 서글픈 오장육부에 꽂히는

아마도 지리산 어느 산자락에서 죽음을 맞이하게 될 전투대원 하나가 "봄길을 걸어 가을산"에 이르렀다. 다시 말해서 인민해방의 열망으로 장정에 나섰던 발걸음이 가을 낙엽과 함께 이데올로기가 떨어져나가고 헐벗고 굶주린 한 인간의 모습이 드러나는 조락의 자리에 닿았다. 시인은 그 병사에게 해방 전사라는 이름을 붙여주지 않을뿐더러 게릴라나 빨치산이라고도 부르지 않는다. 그의 적들이 그를 부르는 이름, 그가 패배한 세상에서 그를 규정하는 이름으로, "공비"라고 그를 부른다. 시인이 그의 적들의 편에 서 있기 때문이 아니라 그의 신상을 두고, 죽어가는 자신까지도 저를 그렇게 불러야 할 것처럼, "어지러운 녹음방초"와 "붉게 물들었던 지난날까지" 모두 벌레 먹어 노랗게 물들어버린 것처럼, 한 세상의 말이 벌써 통일되었기 때문이다.

자연은 결여가 가장 극심한 상태로 통일되었다. 하늘 아래 가득 깔려 있는 것은 모래알만한 알갱이도 들어 있지 않은 억새의 이삭뿐이다. 쫓기는 자의 육체적 자연은 오직 '씹을 것들'을 찾는 욕망으로 집중되었다. 그가 "오일 육일쯤" 쫓기건, "육일 칠일쯤" 쫓기건 언제나 "무박"이다. 그는 잠들 시간이 없으며, 따라서 꿈꿀 시간이 없다. 그의 시간은 깨어 있는 시간으로 통일되었다. 그러나 이 깨어 있는 시간이 말 그대로 각성된 이성의 시간은 아니다. 그에게 사물은 지나간 시간, 그러나 벌써 단일한 것이 된 시간과 함께 어른댈 뿐이다. 그에게서는 분별이 멈추었다.

그에게는 소리가 멈추었다. 유언처럼 지극히 엄중하고 급박하게 들려야 할 소리들이 총소리도 끊긴 "적막한 능선"처럼 침묵으로만 그를 둘러싼다. 그를 쫓는 사람들의 포위망은 좁혀 들었는데, 가까운 거리가 가까운 관계는 아니다. 자연이 그에게 인색한 것처럼, 세상과의 관계에서도 우정은 고사하고 적대감의 표현마저도 그에게는 충분히 주어지지 않는다. "제발 소리 좀 부스럭거려라". 자연과 세상은 그의 목숨을 앗아가기 전에 먼저 그를 무시하고 망각해버린 것 같다.

그는 추위 때문에, 그리고 또다른 이유 때문에 온기가 필요하다. 굶주린 그는 체온을 유지할 수 있을 만큼의 열기를 내부에서 만들어내지 못하고, 외부에는 그가 기대할 체온이 없다. 그는 사막의 파충류들이 햇볕과 뜨거운 모래로 체온을 높이듯, 햇볕 아래로 나와 뜨거운 총알을 받아들임으로써 몸을 덥히려 한다. 총알은 그의 기대를 저버리지 않을 것이다. 그러나 한번 뜨거워진 몸은 영원히 체온을 잃을 것이다.

시는 삼인칭으로 시작하여 일인칭으로 끝난다. "공비"는 정신에서 육체까지 그를 한 이데올로기의 주체로 세웠던 모든 것을 잃는다. 그는 의식에서 체온까지 그의 인간을 구성했던 모든 것을 잃는다. 그렇다고 그가 자연으로 돌아가는 것은 아니다. 자연 이전의 어떤 상태, 곧 물질의 상태가 그를 기다리고 있다. 그가 얻게 될 물질 상태 앞에서는 자연이라는 말까지 하나의 이데올로기처럼 들린다. "서글픈 오장육부"가 돌과 흙과 바람이 되려는 순간에만 시인은 그 육신에서 자신의 운명을, 더 정확하게 말해서 인간의 운명을 발견할 수 있었던 것처럼 시는 끝난다.

그러나 이 시가 슬픈 것은 여전히 이데올로기 때문이다. 이데올로기는, 그것이 어떤 종류의 것이건, 그것이 한 인간 자아의 생명적 주체를 현실보다 더 나은 자리로 떠오르게 할 수 있다는 믿음의 가장 간략한 표현이기 때문이다. 결국 저주받게 될 이데올로기라 하더라도, 그것이 슬픈 이유는 원수가 된 가족이 우리를 슬프게 하는 이유와 같다.

처음부터 어떤 이데올로기와도 무관한 전사들, 어디에도 봉사하지 않는 싸움꾼들이 있다. 그들은 자주 자신의 인간성을 야만과 가장 가까운 상태로 끌어내렸기에 그 삶과 싸움 자체가 자연 상태의 실현처럼 보인다. 황병승의 시집 『여장남자 시코쿠』

(랜덤하우스코리아, 2005)에서 「후지 산으로 간 사람들」을 인용한다.

사람들은 그것을 모자, 라고 불렀고
다카하시 미츠는 얼마 전에 그 사실을 알았다

늘 한곳으로 몰려다니며 햇빛을 가리지 말라고 서로에게 고함치는 사람들
햇빛 때문에 예민해지는 사람들,

그때도 싸웠고 어제도 싸웠다…… 그다음은 모른다

그날 저녁 미츠가 산에서 내려와 옥수수 밭에 숨어들었을 때
농민들의 봉기를 진압하다 도망 온 무사들
재능을 인정받지 못한 삼류 쵸오닝들 떠돌이 악사 건달패들이
모닥불 주위에 둘러앉아 모자 얘기를 하고 있었다
옥수수밭에 흐르는 달빛은 여느 날처럼 부드럽고 다정했으나
모자에 관한 얘기 그것은 결국 사람들을 슬프고 격하게 만들었다

누구는 울고 누구는 주먹을 휘둘렀다
타오르는 불빛이 그들의 얼굴을 금세 악마로 만들었다

사람들은 밤이 깊어서야 침묵했고
하나 둘 옥수수밭을 떠났다
각자 커다란 모자를 하나씩 깊게 눌러쓴 채
눈[雪]과 어둠뿐인 후지 산으로 향했다

모자가 바람에 벗겨질 때까지
모자가 바람에 벗겨질 때까지

얼굴을 가린 사람들의 행렬은 멈추지 않았다

해를 따라 몰려다니며 서로에게 고함치는 사람들
햇빛 때문에 날카로워지는 사람들,

그때도 다퉜고 어제도 다퉜다…… 그다음은 그도 모른다

사람들은 그것을 모자, 라고 불렀고
다카하시 미츠는 그것을 세 개나 쓰고 있었다

시는 마치 일본의 어느 현대 시인이 『미야모토 무사시』 같은 일본 사무라이 소설의 어떤 정황을 빌려 쓴 작품을 우리말로 번역한 것처럼 보인다. 이 시는 물론 황병승의 창작이지만 그런 겉모습이 비극적 사건 하나를 객관적으로 드러내면서 동시에 우리를 그 비극에서 해방한다. "모자"는 한 인간의 삶을 기습하여 떨쳐버릴 수 없게 억누르는 운명적인 사건일 것이며, 거기서 벗어나려 애쓰는 자들은 산속으로 들어가 비적이 되거나 "농민들의 봉기"의 연합세력이 될 것이다. 물론 그들의 관심은 농민봉기에 있는 것은 아니며, 오늘의 친구가 내일의 적이 될 수도 있다. 이 점에서 이들은 최영철의 "공비"나 '지리산으로 간 사람들'과 같은 종류의 인간들이 아니다. "농민들의 봉기를 진압하다 도망 온 무사들" 그리고 "재능을 인정받지 못한 삼류 쵸오닝들 떠돌이 악사 건달패들"에게 그들을 한데 묶는 '혈연관계'는 경제적 계층도 정치적 이데올로기도 아닌 배척된 자의 운명이며 거기서 비롯하는 떠돌이 의식이다. 해방 전사들은 저에게 봄길을 걷게 했던 그 이데올로기를 죽음 앞에서 땅 위에 내려놓는다 하더라도, 그 죽음이 만들어내는 슬픔보다 더 큰 슬픔은 어쩔 수 없이 내려놓아야 하는 이데올로기에 있다. 해방 전사의 언어는 그 자체가 하나의 언어, 그것도 주류의 언어이지만, "다카하시 미츠"들이 쓰고 있는 모자에는 어떤 언어도 없다. 그것은 단지 "사람들을 슬프고 격하게" 만드는 사건에 불과하다.

물론 쫓기는 신세와 죽어야 할 운명은 그들을 한데 묶는다. 모자를 세 개나 쓴 다카하시 미츠는 "그때도 싸웠고 어제도 싸웠다", 그러나 "그다음은 그도 모른다". 다시 말해서 오늘 죽을지 내일 죽을지 알 수 없다. 유일한 희망은 "모자가 바람에 벗겨"지는 것이지만, 그것이 진정한 구원을 뜻하지는 않는다. 세 개나 되는 모자, 눌러쓴 모자를 벗겨줄 바람은 죽음의 바람과 다른 것이 아니기 때문이다. 그들이 "해를 따라 몰려다니며 서로에게 고함"치고, "햇빛 때문에 날카로워지는" 것은 지금 한줌 햇빛을 쪼이는 것밖에 다른 희망, 아니 차라리 다른 관심이 없기 때문이다. 그들은 동물에 불과하지만 자연은 아니다. 이 동물들에게는 자연의 순환성과 영속성이 없으며, 어떤 의미에서는 자연의 부족함조차 없다. 눈앞에 닥친 현실에 따라 사는 자들은 진정한 의미에서의 부족함을 모른다.

골짜기에 잠든 사람이 이름 있는 전쟁의 정규군일 때, 벌집이 되려는 공비가 또한 이름을 가진 전쟁의 빨치산일 때, 후지산으로 간 다카하시 미츠는 단지 한 사람의 비적이다. 그러나 싸움터에서 죽어 자연이 되는 전사의 실상을 가장 많이 말해주는 것은 오히려 비적이다.

(2013년 『문예중앙』 가을호)

「미라보 다리」의 추억

아폴리네르의 시 「미라보 다리」는 푸시킨의 「삶이 그대를 속일지라도」와 함께 한때 한국인들이 가장 널리 애송하는 서구의 시였다. '세계 애송시 100선' 같은 대중 출판물에 이 두 시가 실리지 않은 적은 거의 없었으며, 젊은 학생들을 위해 제작된 공책이나 일기장의 빈자리에도 이들 시가 인쇄되곤 했다. 지금에 와서는 문화의 풍토가 달라지고 애송하는 외국 시 같은 것이 사실상 없어졌지만, 우리에게서 이 두 시의 흔적은 많은 사람이 '시다운 시'로 여기는 시 속에 여전히 남아 있다. 푸시킨의 시에서 읽게 되는 그 달관한 인생론의 우울한 어조는 교훈적이면서 치유적인 모든 시의 시작과 결론이 되기에 충분했으며, 「미라보 다리」는 추억과 상실감의 이미지에 겹친 곡진한 연애 감정으로 수채화적 서정성의 밑자락이 되었다. 특히 "미라보 다리 아래 센강이 흐르고 우리들의 사랑도 흘러내린다"는 이 시의 첫 구절은 "미라보 다리"와 "센강"이라는 두 지명만으로도 전란의 폐허에 사는 사람들에게 이국정서를 자극하기에 부족함이 없었으며, 강물과 함께 "우리들의 사랑도 흘러내린다"는 표현은 오랫동안 무슨 뜻인지 알 것도 같고 모를 것도 같은 시어의 어떤 모범처럼 인식되기도 했다. 실제로 1960년대 초에 발간된 어느 '문학개론'은 산문과는 다른 시의 언어적 특징을 설명하기 위해 이 구절을 인용하기도 했다.

"우리들의 사랑도 흘러내린다"는 이 멋진 말은 원시를 잘못 이해한 데서 비롯된 것이지만, 거기에도 그 나름의 역사가 있다. 이 시의 한국어 번역이 활자로 찍혀 처음 나타난 것은 장만영이 1953년에 발간한 『佛蘭西詩集』(정양사)이다. 아마도 1920년 이후의 어느 시기에 일본에서 발간된 번역본을 크게 참조하였을 이 역시의 전문은 다음과 같다.

미라보 다리 아래 세이느江이 흐르고
우리들의 사랑도 흘러 내린다,
괴로움에 이어서 맞을 보람을
나는 또 꿈꾸며 기다리고 있다.

해도 저무렴. 鐘도 울리렴.
세월은 흐르고 나는 醉한다.

손과 손을 엮어 들고 얼굴 대하면
우리들의 팔 밑으로
흐르는 永遠이여
오오 피곤한 눈길이여

흐르는 물결이 실어 가는 사랑,
실어 가는 사랑에
목숨만이 길었구나.
보람만이 뻔혔고나.

해야 저무렴. 鐘도 울리렴.
세월은 흐르고 나는 醉한다.

해가 가고 달이 가고 젊음도 가면
사랑은 옛날로 갈 수도 없고
미라보 다리 아래 세이느만 흐른다.

해야 저무렴. 鐘도 울리렴.
세월은 흐르고 나는 醉했다.[1)]

1) 시의 원문은 다음과 같다.

LE PONT MIRABEAU

Sous le pont Mirabeau coule la Seine
Et nos amours
Faut-il qu'il m'en souvienne
La joie venait toujours après la peine

Vienne la nuit sonne l'heure
Les jours s'en vont je demeure

Les mains dans les mains restons face à face
Tandis que sous
Le pont de nos bras passe
Des éternels regards l'onde si Iasse

Vienne la nuit sonne l'heure
Les jours s'en vont je demeure

L'amour s'en va comme cette eau courante
L'amour s'en va
Comme la vie est lente
Et comme l'Espérance est violente

Vienne la nuit sonne l'heure
Les jours s'en vont je demeure

Passent les jours et passent les semaines
Ni temps passé
Ni les amours reviennent

장만영은 이 번역시를 1961년에 발간한 『아뽀리내애르 詩集』(동국문화사)[2]에 다시 실었다. 두 출판은 8년의 상거가 있지만, 역자는 "얼굴 대하면"을 "얼굴 對하면"으로, 감탄사 "오오"를 "오—"로 바꾸었을 뿐, 번역을 수정하지 않았다. 이 번역이 한국에서 오랫동안 「미라보 다리」의 운명을, 아니 어느 정도는 아폴리네르의 운명을 결정했다.

나는 이 시를 각기 다른 버전으로 세 번 번역하였다. 마지막 버전이 실린, 아폴리네르의 번역시집 『알코올』(열린책들)이 발간된 것은 2010년이다. 그 전문은 다음과 같다.

미라보 다리 아래 센강이 흐른다
　　우리 사랑을 나는 다시
　되새겨야만 하는가
기쁨은 언제나 슬픔 뒤에 왔었지

Sous le pont Mirabeau coule la Seine

Vienne la nuit sonne l'heure
Les jours s'en vont je demeure

2) 이 시집에는 '아포리네에르 小傳'이라는 제목으로 스페인 시인 라몬 고메스 데 라세르나(1888~1963)의 글이 실려 있다. 이 '소전'은 아폴리네르의 미발표 시와 이런저런 출판물에 산재한 시를 모아 1925년에 발간한 사후 시집 『Il y a』의 서문으로 실렸던 글의 일부를 발췌 번역한 것이다.

밤이 와도 종이 울려도
세월은 가고 나는 남는다

손에 손 잡고 얼굴 오래 바라보자
우리들의 팔로 엮은
다리 밑으로
끝없는 시선에 지친 물결이야 흐르건 말건

밤이 와도 종이 울려도
세월은 가고 나는 남는다

사랑은 가버린다 흐르는 이 물처럼
사랑은 가버린다
이처럼 삶은 느린 것이며
이처럼 희망은 난폭한 것인가

밤이 와도 종이 울려도
세월은 가고 나는 남는다

나날이 지나가고 주일이 지나가고
지나간 시간도

사랑도 돌아오지 않는다
미라보 다리 아래 센강이 흐른다

밤이 와도 종이 울려도
세월은 가고 나는 남는다

이 번역은 내가 이전에 옮겼던 두 역문과 마찬가지로 크게 환영을 받지 못했다. 유명한 시인이기도 한 내 친구 한 사람은 "전문가의 번역이라는 게 항상 좋은 것은 아니군"이라는 말로 극단적인 평가를 하기도 했다. 낯익은 시를 다른 어조로 만나는 것이 마뜩잖았을 것이며, 무엇보다도 강물과 함께 흘러가야 할 사랑을 찾을 수 없어서 자못 당황했을 것이다. 시의 원문이라고 하는 '현실'은 그에게 중요하지 않았다. 그에게 장만영식의 번역은 '원문보다 더 좋은 번역'이었기 때문이다. 그러나 사랑을 강물에 띄워놓지 않은 첫 사람은 내가 아니다. 『半獸神의 午後』(범한서적, 1970)라는 제목으로 프랑스 시 사화집을 꾸몄던 민희식과 이재호는 이 시의 첫 연을 다음과 같이 번역했다.

미라보 다리 아래 센느江이 흐른다
그리고 우리들의 사랑
아 추억해야만 하는가 그 사랑을

기쁨은 언제나 고통 뒤에 왔다

그리고 15년 뒤에 또하나의 사화집 『프랑스詩選』(을유문화사, 1985)을 발간했던 최완복에게서도 사랑은 강물 위의 부유물이 아니라 기억해야 할 대상이다.

미라보 다리 아래 센느는 흐르는데
　　　나는 왜 우리들의 사랑을
　　　기억해야 하는가
기쁨은 늘 아픔 뒤에 왔는데

그러나 습관은 무서운 것이다. 게다가 대중들에게 가장 많이 읽혔을 민음사판 '세계시인선'의 『미라보 다리』(1975, 개정판 1990)에서 송재영은 이 첫 연을 장만영의 수준으로 되돌려놓았다. 개정판에서 옮긴다.

미라보 다리 아래 세느강이 흐르고
우리들의 사랑도 흘러간다
허나 괴로움에 이어서 오는 기쁨을
나는 또한 기억하고 있나니

아폴리네르의 「미라보 다리」는 시인이 다섯 해 동안 연인 관계를 유지했던 마리 로랑생과 결별한 후에 쓴 시이다. 민요적 음조가 주는 아련한 분위기 속에서, 시간의 덧없음과 사랑의 종말이라고 하는 낯익은 서정적 주제가 강물의 흐름과 감각적으로 연결되어 매혹적인 울림을 준다. 아폴리네르와 마리 로랑생이 연인이었을 때, 센강을 사이에 두고 살던 두 사람은 이 미라보 다리를 건너가서 서로 만나곤 했다. 시인은 지금 다리 위에서 강의 물결을 바라보고 있다. 잔잔한 물결이 시인의 마음을 흡수할 때, 벌써 지난날의 일이 되어버린 "우리 사랑"이 억제할 수 없는 기억이 되어 그에게 떠오른다. "우리의 사랑을 나는 다시/되새겨야만 하는가"라고 시인이 묻게 되는 것은 그 때문이다. 시인에게 추억은 고통스럽지만, 한편으로는 달콤한 회상 속에 빠져들고 싶은 욕망이 있다. "기쁨은 언제나 슬픔 뒤에 왔었지"라는 말이 그렇게 설명된다.

번역자들이 이 첫 연을 자주 오해하는 것은 시에 구두점이 없는 탓도 있지만, 갑자기 떠오르는 기억, 이른바 불수의적 기억의 개념에 우리가 아직 익숙지 못할 때 이 시가 처음 번역되었기 때문이다. 첫 연의 문장구조를 비교적 정확히 파악한 최완복이 "왜"라는 췌사를 넣어서 번역한 것도 필시 그 때문일 것이다.

시에 세 번 되풀이되는 반복구도 살펴볼 필요가 있다. 장만영이 "해도 저무렴. 鐘도 울리렴./세월은 흐르고 나는 醉한다"로 새

긴 이 반복구의 첫 행은 가정, 기원, 명령, 양보 등 어느 쪽으로 이해해도 무방할 접속법으로 쓰였다. 장만영은 이를 양보의 뜻이 담긴 명령으로 옮겼다. 밤이 오고 종이 울린다 한들, 세월만 흐를 뿐 나는 늘 그 자리에서 옛 추억에 붙잡혀 있다는 뜻을 원문은 담고 있다. 첫 행을 무난하게 번역한 장만영은 뒤의 행에서 '남는다'나 '머문다' 대신에 "취한다"라는 역어를 선택했다. 취하지 않고는 남아 있을 수 없다고 생각했던 것일까. 사람에 따라서는 '원문보다 더 좋은 번역'을 여기서도 보게 될지 모른다.

둘째 연에는 매우 선명한 이미지가 담겨 있다. 시인은 다리 위에서 두 연인이 마주 바라보며 두 손을 맞잡고 있는 장면을 상상한다. 다리 위에 또하나의 다리가 만들어진다. 사랑도 그렇게 육중한 다리처럼 시간을 이기고 내내 변함이 없어야 할 것이다. 물결은 제물에 지쳐 흘러가도 사랑은 그렇게 오래 지속되어야 할 것이다. 그러나 강철 다리에 비해 인간의 팔로 만든 다리는 얼마나 허약한가. 시인만 홀로 그 자리에 남아 있다. 장만영이 '시인의 시선에 지쳐 제물에 흘러가는 물결' 대신 '시인의 피곤한 시선'을 말하게 되는 것은 "나는 취한다"와 연결된 생각이 아직 가시지 않았기 때문이다. 뜻은 통하지 않으나 번역된 시구는 낭랑하다.

장만영은 마지막 연의 첫 시구를 "해가 가고 달이 가고 젊음도 가면"으로 옮기고 있다. "젊음도 가면"은 전적으로 장만영의 창안이다. 원문에서 이 시구는 '하루하루가 지나가고 한 주 한 주가 지나가도'의 뜻을 담고 있다. 이 시의 다른 모든 역자도, 장만영의 창안에는 이르지 못했지만, '날이 가고 달이 가고'의 틀을 벗어버리지 않았다. 물론 거기에는 '자연스러운 우리말'의 이데올로기가 있다. 그러나 번역은 자연과 자연의 충돌이기도 하다. '날이 가고 달이 가고'가 농경사회적 표현이라면, '날이 가고 주가 가고'는 도시적 표현이다. 이 두 환경에서는 시간에 대한 의식이 다르고, 시간의 고통과 기쁨이 다르다. 아폴리네르의 고통은 눅진한 시간 속의 눅진한 고통이 아니다. 언제 한 주가 끝나느냐고, 어떻게 한 주를 다시 사느냐고 물어야 하는 고통이다. 고통의 변질이건 다른 변질이건, 변질을 자연스러움이라 부를 수는 없다.

「미라보 다리」가 처음부터 원문에 충실하게 번역되었더라면, 젊은 학생들의 공책이나 일기장에 인쇄되는 일이 없었을지도 모른다. 많은 사람이 이 시를 애송하지도 않았을 것이다. 그러나 비록 적은 수의 사람들이라도 시를 부담없이 소비하는 대신 기억과 시간의 마술에 관한 어떤 화두를 거기서 만날 수 있었을 것이다. '원문보다 더 좋은 번역'은 의도적인 포기이건 불가피한 포기이건 포기의 소산일 때가 많다. 포기처럼 아늑한 것이 어디 있는가.

(2013년 『문예중앙』 겨울호)

김수영의 꽃과 꽃잎들

김수영이 자연을 자연 그대로 노래한 적은 많지 않다. 그의 전집을 샅샅이 뒤져보지 않는 한 그런 시를 생각해내기는 어렵다. 얼핏 「폭포」 같은 시를 생각할 수 있으나, "금잔화도 인가도 보이지 않는 밤이 되면" 같은 구절은, 그가 비록 폭포에 매혹되어서 이 시를 썼다 하더라도, 그의 뇌리에 들어 있던 것은 폭포가 아닌 다른 것이라는 사실을 증명해주고도 남는다. 「거대한 뿌리」가 나무에 관한 시가 아닌 것과 마찬가지로 「여름 뜰」이나 「싸리꽃 핀 벌판」도 전원시가 아니다. 사일구 이후의 작품으로 '신귀거래 3'이라는 부제가 붙은 「등나무」는 정말 등나무에 관한 시이지만, 이 나무 역시 버스나 신문처럼 도시생활을 구성하는 요소의 하나일 뿐이다. 이 점에서는 붉은 파밭도 푸른 하늘도 그의 시에서 지구의나 헬리콥터와 구별되는 다른 기운을 행사하지 않는다. 김수영이 건성으로 등나무나 파밭을 보았다는 말은 아니다. 그가 자연이나 초목에 관해 말할 때, 길지 않은 그 말은 늘 적확하다. 김수영이 서울에서 성장하였다고 해서, 가령 농촌에서 뼈가 굵은 서정주와 겨울보리나 깨꽃에 관해 이야기한다 하더라도, 그는 내내 다소곳이 듣고만 있어야 할 사람이 아니었다. 그는 서울의 거리에서 그렇듯 교외의 들녘에서도 어느 것이건 보아야 할 것이라면 놓치지 않고 보았다. 거미도 나비도 그의 시에서는 항시 하나의 사상을 만들어내고 드러내기 위해 등장하는 것이 사실이나 그것이 거미나 나비가 아닌 적은 없다. 그에게서 시의 제목이나 본문에 자주 나타나는 꽃도 이 점에서 예외가 아니다. 꽃도 나비도 제 본모습을 잃어야 사상이 되는 것은 아니다.

현재까지 우리에게 남겨진 자료로만 판단한다면, 김수영은 1956년과 1957년에 「꽃」이라는 제목으로 각기 시를 한 편씩 발표하였으며, 세상을 버리기 한 해 전인 1967년에는 「꽃잎」이라는 제목으로 세 편의 시를 발표하였다. 이 「꽃」과 「꽃잎」들은 리얼리스트 김수영의 얼굴 뒤에 감추어진 시인 김수영을 명백하게 드러내기에 특별히 의미가 있다. 아니 리얼리스트와 시인을 대비시키는 것은 옳지 않다. 적어도 김수영에게서 사물이 리얼하다는 것은 그것이 시적 진실을 지녔다는 것이며, 어떤 순간이 시적이라는 것은 사물들이 그 순간에 제 본색을 드러낸다는 뜻이기 때문이다. 그는 「공자의 생활난」에서 사물과 그 생리와 수량과 한도와 우매와 명석성을 바로 보겠다고 말했지만, 또한 “그리고 나는 죽을 것이다”라고 말함으로써 그 일이 한 인간의 일생을 걸어야 하는 어떤 의지의 모험임을 밝혔다. 사물의 생리는 미지에, 무한에 그 한 모서리를 두고 있다. 「꽃」과 「꽃잎」들의 비밀이 또한 그러하다.

「꽃(二)」은 괄호 속의 번호에도 불구하고 「꽃」보다 한 해 전에 발표되었다.

꽃은 과거와 또 과거를 향하여
피어나는 것
나는 결코 그의 종자에 대하여
말하고 있는 것은 아니다
또한 설움의 귀결을 말하고자 하는 것도 아니다
오히려 설움이 없기 때문에 꽃은 피어나고

꽃이 피어나는 순간
푸르고 연하고 길기만 한 가지와 줄기의 내면은
완전한 공허를 끝마치고 있었던 것이다

중단과 계속과 해학이 일치되듯이
어지러운 가지에 꽃이 피어오른다

과거와 미래에 통하는 꽃
견고한 꽃이
공허의 말단에서 마음껏 찬란하게 피어오른다

꽃은 과거의 과거를 향해 피어오른다. 그 과거는 꽃의 개화라고 하는 하나의 운명이 이미 결정되었을 것으로 보이는 "종자"의 시간보다 더 앞선 시간이며, 생명이 생명으로서 지니는 열망, 곧 "설움"의 시간보다 더 먼 시간이다. 그 시간에는 꽃이 어떤 것으로 한정되어 피어나게 할 종자의 프로그램도, 그 프로그램이 재촉하는 생명의 우여곡절도 없다. 꽃은 꽃을 닮지만 '그 꽃'은 또 무엇을 닮았을까. '그 꽃'은 '공허'에서 피어올랐고, 시인의 목전에서 피는 꽃은 그 공허를 지금 이 시간에 끌마쳐 그것이 공허였던 것을 알게 한다. 한 생명으로서의 꽃은 "중단과 계속과 해학이 일치되듯이" 피어오른다. 다시 말해서 꽃은 아직 꽃이 아닌 "푸르고 연하고 길기만 한 가지와 줄기의 내면"과 단절하여, 그러나 그 줄기의 내면이 작동하던 힘의 계속을 통해, 해학으로밖에는 표현할 수 없는 경이를 부르며 피어오른다. 꽃은 과거를 중단하고, 그러나 과거를 끌어안고, 어떻게 그럴 수 있지? 농담하듯이 피어오른다. "푸르고 연하고 길기만 한 가지와 줄기의 내면"은 사람들이 흔히 현실이라고 부르는 바로 그 현실이다. 그러나 진실을 말한다면 그 현실의 도약 능력과 그 도약이 이루어질 허공이, 그 놀라움이 모두 현실이다. 중단과 계속과 해학이 모두 현실이다. 현실은 그것이 말도 안 되는 농담처럼 그 얼굴을 들어올릴 능력까지 현실이다.

이 전망이 1년 후에 발표된 「꽃」에서는 훨씬 비관적인 것처럼 보인다. 시인은 "진개塵芥와 분뇨를 꽃으로 마구 바꿀 수 있는 나날"을 말하면서도 "심연보다도 더 무서운 자기 상실에 꽃을 피우는 것은" 신에게나 가능한 일이라고 생각한다. 꽃 앞에서 지어야 할 미소는 늘 "숙제"로만 남기에, 그 미소는

> 밤과 낮을 건너서 도회의 저편에
> 영영 저물어 사라져버린 미소이다

그러나 시인은 벌써 "해학"을 경험하지 않았는가. 시인이 개화를 비관한다기보다는 오히려 "중단"과 "계속"이 일치되는 그 경이의 순간이 늘 비밀에 속한다는 것을 다시 확인하고 있을 뿐이다. 시적 순간은 우리에게 예고하고 찾아오는 것이 아니다. 그 순간은 계산할 수도 없고 짐작할 수도 없다. 신이 제 모습을 인간에게 드러냄을 뜻하는 종교 용어 '에피파니'라고 흔히 불리기도 하는 이 순간은 인위적으로 창조될 수도 없고 지각될 수도 없다. 김수영은 그것을 감지하는 일이 늘 사후의 일에 속한다는 것을 더욱 은근하게 술회하는 시를 10년 후인 1967년에 썼다.

다음은 「꽃잎(一)」의 두번째 연이다.

> 바람의 고개는 자기가 일어서는 줄
> 모르고 자기가 가 닿는 언덕을
> 모르고 거룩한 산에 가 닿기
> 전에는 즐거움을 모르고 조금
> 안 즐거움이 꽃으로 되어도
> 그저 조금 꺼졌다 깨어나고

꽃이 피었다 다시 지듯이 그 순간의 '해학'이 또한 영원하지 않다. 그러나 그 기억까지 사라지는 것은 아니기에 그 농담을 아는 자와 모르는 자는 구별된다. 김수영은 이 시의 세번째 연을 다음과 같이 쓴다.

> 언뜻 보기엔 임종의 생명 같고
> 바위를 뭉개고 떨어져내릴
> 한 잎의 꽃잎 같고
> 혁명 같고
> 먼저 떨어져내린 큰 바위 같고
> 나중에 떨어진 작은 꽃잎 같고

꽃잎이 떨어지고 꽃나무는 다시 예전의 꽃나무와 같은 모습으로 되돌아가기에 한 차례 개화했던 꽃은 "임종의 생명" 같지만, 해학의 순간을 경험한 의식에게는 그 꽃잎 하나가 "바위를 뭉개고" 떨어지는 거대한 생명 같다. "바위"는 물론 어떤 변화도 허용하지 않고 영원히 부동할 것처럼 보였던 현실이다. 꽃잎은 떨어져내리지만 개화와 혁명의 기억을 지니고만 떨어져내린다. 기억은 그래서 "바위를 뭉개고" 실은 그 바위보다 "먼저 떨어져내린 큰 바위"와도 같다. "먼저"는, 이육사의 표현을 빌린다면, 개벽의 시간인 '천고'이며 무한이다.

같은 해에 쓴 「꽃잎(二)」은 그 무한에 관해 말한다.

> 꽃을 주세요 우리의 고뇌를 위해서
> 꽃을 주세요 뜻밖의 일을 위해서
> 꽃을 주세요 아까와는 다른 시간을 위해서
>
> 노란 꽃을 주세요 금이 간 꽃을
> 노란 꽃을 주세요 하얘져 가는 꽃을
> 노란 꽃을 주세요 넓어져 가는 소란을
>
> 노란 꽃을 받으세요 원수를 지우기 위해서
> 노란 꽃을 받으세요 우리가 아닌 것을 위해서

노란 꽃을 받으세요 거룩한 우연을 위해서

꽃을 찾기 전의 것을 잊어버리세요
　　꽃의 글자가 비뚤어지지 않게
꽃을 찾기 전의 것을 잊어버리세요
　　꽃의 소음이 바로 들어오게
꽃을 찾기 전의 것을 잊어버리세요
　　꽃의 글자가 다시 비뚤어지게

내 말을 믿으세요 노란 꽃을
못 보는 글자를 믿으세요 노란 꽃을
떨리는 글자를 믿으세요 노란 꽃을
영원히 떨리면서 빼먹은 모든 꽃잎을 믿으세요
보기 싫은 노란 꽃을

"꽃을 주세요"라는 말로 시인이 구하는 꽃은 우리가 이 세상에서 오래도록 끌어안아온 긴 '고뇌'의 결실일 터이며, 그 고뇌에 찬 현실이 중단과 계속 끝에 이룩한 어떤 변화일 터이다. 꽃과 함께 얻게 되는 "뜻밖의 일"과 "아까와는 다른 시간"에 관해서는 앞에서도 충분히 이야기했다. 우리에게도 꽃나무에게도 꽃피기 전의 삶과 꽃핀 다음의 삶이 확연히 다르다는 점만은 다시 확인해둘 필요가 있다. 꽃은 그와 같이 이 삶의 시간이 아닌 다른 삶의 '다른 시간'으로 우리를 데려간다. 시인이 요청하는 꽃은 그래서 아직 우리에게 알려지지 않은 미지 세계의 삶이며, 사전에는 짐작할 수도 계산할 수도 없는 그 세계의 형식은 무한이다. 꽃이 졌다가 다시 피고, 다시 피면서 더 많은 삶을 끌어안고, 그리고 다시 지고 다시 피고, 꽃이 그렇게 소란스럽게 개화하여 이루어질 그 삶에는 "원수"가 벌써 지워졌으며, 따라서 착취도 억압도 증오도 없다. 그 미지의 복된 시간은 우리가 지녔던 고뇌의 결과이지만 고뇌가 모두 꽃이 되는 것이 아니기에, 사후에만 그 '혁명'이 지각되는 것이기에, 이 역시 이미 말했던 것처럼 꽃의 개화는 늘 "거룩한 우연"이다. 꽃이 피면 벌써 다른 세상이기에 아직은 '글자'로만, 다시 말해서 개념으로만 존재하는 이 꽃, 확연히 보이는 듯하지만, 그러나 떨리며 살아질 것 같은 이 글자의 꽃을 모든 방향에서 살핀다는 것은 얼마나 초조한 일인가. 이 삶을 어떤 보증도 없이 작파해버리는 일은 얼마나 '싫은' 일이며, 미지의 신비를 향해 우리의 생명 전체를 내던진다는 것은 얼마나 위험한 일인가. 기억을 가진 인간은 그 위험을 끌어안는 인간이다.

「꽃잎(三)」은 앞의 시들과 조금 다른 어조를 지니고 있다. 시는 "순자"에게, "열네 살" 나이에 시인의 집에 "고용을 살러 온지" 일주일이 채 되지 않은 어린 소녀에게 바친 시이다. 그녀는

필경 그 존재 자체만으로 시인의 삶이 물들어 있는

> (……) 썩은 문명의 두께
> 멀고도 가까운 그 어마어마한 낭비
> 그 낭비에 대항한다고 소모한
> 그 몇 갑절의 공허한 투자
> 대한민국의 전재산인 나의 온 정신을

비웃을 수 있기에 "꽃"이다. 소녀는 "캄캄한 소식의 실낱같은 완성"이며, "너무 쉬운" "여름풀의 아우성"이다. 말하자면 소녀는 지금 이 자리에 현재하는 미래의 개화에 해당한다. 시인은 소녀를 명상한다.

> 소녀가 무엇인지를
> 소녀는 나이를 초월한 것임을
> 너는 어린애가 아님을
> 너는 어른도 아님을

이 어른도 아니고 어린애도 아닌 존재는 반세기 가까운 세월 뒤에 신해욱 시인이 『비성년열전』에서 말한 '비성년'과 비교될 만하다. 신해욱의 비성년은 자진해서 성년이 되어 성년으로 살기를 거부한 성년이지만, 김수영의 소녀는 본질적으로 비성년이다. '본질'과 '자진'의 차이는 한쪽이 기억 이전에 존재하는 데 비해 다른 한쪽은 기억과 함께 존재한다는 것뿐이다. 그러나 그 기억은 기억 이전의 기억, 쉽게 말해서 전생의 기억과 연결되는 기억이 아닌가. 소녀의 꽃도 비성년의 꽃도 공허에서, 무한에서 핀다.

(2014년『문예중앙』봄호)

백석의 『사슴』

내가 백석에 관해 글을 쓴 것은 어느 평문에서 「모닥불」을 잠시 언급했던 것에 그친다. 늘 백석을 좋은 시인이라고 생각하면서도 한 번이라도 규모 있는 글을 써보려 하지 않았던 것은 내 나름대로 백석 트라우마를 겪었던 탓인지 모르겠다. 내가 백석의 『사슴』을 처음 접했던 때는 1979년이었던 것으로 기억한다. 그것을 『사슴』이라고 말할 수 있을까. 어느 출판사에 근무할 때인데, 편집부원 가운데 한 사람이 『사슴』의 복사본을 품고 와서 숨죽인 목소리로 자랑을 했다. 남북분단 이후에도 북한에 거주하며, 문인으로 활동했던 백석의 시집을 철조망 이쪽 사람이 지니고 있다는 것은 그 행위 자체만으로 경찰서에 끌려갈 충분한 사유가 되던 시절이다. 내가 탐을 내자 그가 품속에서 붉은 표지의 복사본을 한 권 더 끄집어냈다. 나는 퇴근 후 집에 돌아온 즉시 그 얇은 책을 펼쳤으나 책장 한 장을 넘기기가 어려웠다. 내 손에 쥐어진 책은 복사본을 다시 복사하고 그것을 다시 복사하는 식으로 대를 이어 원본의 5대손쯤 되는 책이었다. 활자는 뭉개지고 여기저기 탈자가 있었으며, 두세 줄의 시구가 잘려나간 페이지도 없지 않았다. 걸림돌은 그것뿐만이 아니었다. 남녘에서 자란 내게 평북 사투리가 줄마다 박혀 있는 시는 랭보나 말라르메의 시보다 더 낯설게 보였다. 두 줄로 끝나는 짧은 시 「노루」의 경우는 복사 과정에서 잘못되어 뒷부분이 지워져 버린 것은 아닌지 의심하기도 했다. 아무튼 책장을 끝까지 넘기긴 했지만, 머릿속에 남아 있는 것은 북녘의 어느 땅에서 제삿날에 모인 친척들이 음식을 먹는 장면뿐이었다. 『사슴』이 몰래 찍은 활판본으로 다시 나온 것은 저 치열했던 1980년대 초였고, 나는 백석을 조금 더 낫게 읽을 수 있었지만, 주변에는 평북 사투리에 대해 조언해줄 사람이 없었다. 이동순이 체계를 갖추어 편찬한 『白石詩全集』(창작과비평사)이 출간된 것은 1987년이다. 백석의 시가 눈에 들어오기 시작한 것은 그 전집에 실린 낱말풀이 덕택이었다. 그러나 저 복사본의 무서운 추억은 여전히 남아 있어서, 나에게서 백석은 그후에도 오랫동안 저 어두운 '오금덩이'를 쉽게 벗어나려 하지 않았다. 그러나 백석은 오히려 햇볕 속의 사람이다.

김현은 김윤식과 함께 쓴 『한국문학사』(민음사, 1973)에서 백석이 샤머니즘에 탐닉했다고 여기며, 그 두 가지 위험을 지적했다. "그것이 긍정적 세계관의 내용을 이룰 때 그것은 환상과 주술의 세계로 들어가 인간을 말살해버리며, 그것이 비극적 세계관의 내용을 이룰 때는 숙명론으로 인간을 이끌어 인간의 자유의지를 말살해버린다. 백석이 간 길은 후자의 길이다." 이 견해는 자료의 발굴과 연구자들의 노력에 의해 곧 수정되었지만, 백석이 샤머니즘에 탐닉했다는 김현의 주장이 어디에 바탕을 두고 있는지 나로서는 여전히 의문이다. 역시 자료가 부실했던 탓도 있고 이른바 북방정서와 연결된 후기 시를 폭넓게 읽지 못한 때문이기도 하겠고, 거기에 더하여 평북 사투리의 어두운 장막이 백석을 '오금덩이'에 갇힌 사람으로 여기게 하였을 가능성도 없지 않다. 이제 와서 백석을 샤머니스트로 보는 사람은 없지만, 그것으로 충분한 것은 아니다. 『사슴』에서 샤머니즘과 관련된 여러 장소가 시의 주제가 될 뿐만 아니라 초기 백석의 시적 체험이 그 장소들과 자주 연결되는데도 불구하고, 그가 무속에 일정한 거리를 유지하고 있다는 사실이 시인으로서의 그의 재능을 증명하기까지 한다. 그는 그 어두운 곳에서 깊이를 보는 것이 아니라 깊이였던 것을 보고 있다. 먼저 「오금덩이라는 곳」을 고형진이 엮은 『정본 백석 시집』(문학동네, 2007)에 따라 적는다.

어스름저녁 국수당 돌각담의 수무나무 가지에 녀귀의 탱을 걸고 나물 매 갖추어놓고 비난수를 하는 젊은 새악시들

—잘 먹고 가라 서리서리 물러가라 네 소원 풀었으니 다시 침노 말아라

벌개눞역에서 바리깨를 두드리는 쇳소리가 나면
누가 눈을 앓아서 부증이 나서 찰거마리를 부르는 것이다
마을에서는 피성한 눈숡에 저린 팔다리에 거마리를 붙인다

여우가 우는 밤이면
잠 없는 노친네들은 일어나 팥을 깔이며 방뇨를 한다
여우가 주둥이를 향하고 우는 집에서는 다음날 으레히 흉사가 있다는 것은 얼마나 무서운 말인가

"국수당"은 귀신 모시는 국사당이고, "녀귀의 탱"이란 제사 지내주는 사람이 없는 귀신의 그림이다. 마을 "새악시들"이 잿밥을 차려놓고 손을 비벼 빌며 그 원혼을 달래려 한다. 벌개눞역은 '벌건 빛깔의 늪가'라고 고형진은 풀이한다. 거기서 "바리깨", 곧 놋주발 뚜껑을 두드려 찰거머리를 잡는다. 찰거머리를 피멍이 든 "눈숡" 곧 눈시울이나 부종 난 곳에 붙이면 낫는다고 마을 사람들은 믿는다. 여우가 우는 밤이면, 노인들은 땅에 팥을 깔고 오줌을 눈다. 팥도 오줌도 모두 사귀를 쫓는 효험이 있다. 노인들이 이런 방비를 하는 것은 "여우가 주둥이를 향하고

우는 집에서는 다음날 으레히 흉사가 있다"고 믿기 때문이다.

"오금덩이라는 곳"에는 온갖 종류의 속신이 있고, 마을 사람들은 거기 의지해서 산다. 속신의 관습은 사람들이 미개하기 때문에만 지속되는 것이 아니다. 이 소박한 종교는 한 인간에게서 그가 삼라만상과 일정한 관계를 맺고 있다는 믿음을 강화시키고 자기 안의 타자와 조화롭게 교섭하는 방식이다. 영험한 존재들은 늘 위협적이지만 그 공포가 고독한 인간 존재를 덜 고독하게 만들어주기도 한다. 지명 오금덩이는 필경 오금에서 온 말일 것이다. 무릎 안쪽의 오목한 자리처럼 그 마을은 외진 두메일 것이다. 한의사들이 오금에서 혈을 짚어내듯이 사람들은 한 땅의 오금에 특별한 기운이 있다고 믿기도 할 것이다. 그러나 시인은 그 속신을 관찰할 뿐 거기에 참여하지는 않는다. 그는 오금덩이를 '오금덩이라는 곳'으로 지칭하여, 자신이 외부인임을 명시한다. 그는 속신의 서사에 마음이 움직이기도 하지만 비평적으로만 움직인다. 그는 여우가 예고하는 흉사에 무서움을 느끼지만, 그것이 '얼마나 무서운 일인가'라고 말하지 않고 '얼마나 무서운 말인가'라고 말한다. 그는 사실을 믿기 때문에 두려운 것이 아니라 속신을 만들어낸 상상력에서 공포를 발견한다. 그는 깊이 밖에서 깊이였던 것을 본다. 근대인인 그에게 속신의 깊이는 벌써 사라졌지만 그가 느끼는 공포에 깊이가 없다고 할 수는 없다. 시인은 식민지 귀신의 잃어버린 영험의 깊이와 시의 깊이 간에 그 거리를 가늠하고 있다.

「가즈랑집」은 같은 책에 의지해서 한 대목만 적는다.

> 나는 돌나물김치에 백설기를 먹으며
>
> 넷말의 구신집에 있는 듯이
>
> 가즈랑집 할머니
>
> 내가 날 때 죽은 누이도 날 때
>
> 무명필에 이름을 써서 백지 달어서 구신간시렁의 당즈깨에 넣어 대감님께 수영을 들였다는 가즈랑집 할머니
>
> 언제나 병을 앓을 때면
>
> 신장님 달련이라고 하는 가즈랑집 할머니
>
> 구신의 딸이라고 생각하면 슬퍼졌다

"가즈랑집 할머니"는 가즈랑고개에 사는 노파로 시인 집안의 단골무당이다. 무당은 시인과 시인의 "죽은 누이"를 모두 자신이 모시는 "대감님"에게 그 수양아들, 수양딸로 바쳤다. 무명에 남매의 이름을 써서 "당즈깨", 곧 작은 버들고리 상자에 넣어 "구신간시렁", 곧 귀신을 모시는 방의 시렁에 올려둔 것이다. 대감 귀신 "신장님"이 남매를 보호할 것이다. 누이는 죽었고 시인은 자주 병을 앓았지만 그게 모두 "신장님의 달련", 곧 대감 귀신이 주는 시련이다. 시인에게는 할머니의 가즈랑집이 옛이야

기에 나오는 귀신의 집처럼 느껴지기도 하지만, 그가 늙은 무당에게 크게 신비감이나 공포감을 갖지는 않았다. 다만 노파가 "구신의 딸이라고 생각하면 슬퍼졌다." 다시 말해서 단골무당이 세상의 다른 사람들과 같은 방식으로 살지 못할 것이 안타까웠다. 그 가즈랑집이 시인에게 특화된 장소였던 것은 주술 때문이 아니었다. 늘 제사 음식이 있었고, 귀신을 모시는 집인 만큼 그 울안에서는 외부인의 손을 타지 않은 과일나무가 시인을 기다렸다. 잠시라도 부모의 간섭에서 벗어난 곳이라는 점에서는 해방구와 다름없었다. 이 시를 쓸 때 시인은 실낙원을 회상한다.

뒤울안 살구나무 아래서 광살구를 찾다가
살구벼락을 맞고 울다가 웃는 나를 보고
밑구멍에 털이 몇 자나 났나 보자고 한 것은 가즈랑집 할머니다
찰복숭아를 먹다가 씨를 삼키고는 죽는 것만 같어 하로종일 놀지도 못하고 밥도 안 먹은 것도
가즈랑집에 마을을 가서
당세 먹은 강아지 같이 좋아라고 집오래를 설레다가였다

"당세"는 곡식가루와 술로 빚은 미음 같은 음식이고, "집오래"는 집 주변이며, "설레다"는 가만히 있지 못하고 자꾸만 움직

인다는 뜻이라고 고형진은 설명한다. 그 해방구가 귀신의 가호에 의해 성립되었다는 점에서는 무속적이지만, 발랄한 어린 생명이 그 카리스마에 매인 적이 없다는 점에서는 탈무속적이다. 주술은 여기서도 이룰 수 없는 것에 대한 소박한 표지일 뿐이다. 그것은 또한 시의 표지이기도 하다. 시는 인간을 말살하거나 자유를 말살하기 위해 주술의 표지를 다는 것이 아니라 오히려 불굴의 의지와 희망을 표현하기 위해 종종 주술의 형식을 빌린다. 첫 시집을 낼 때 백석은 시가 가장 정화된 방식의 종교라는 것을 알고 있었다. 시가 실낙원의 이미지를 그릴 때 그 '실'은 잃어버린 것에 대한 슬픔의 기표가 아니라 이룰 수 없는 것에 대한 안타까움의 제유이며, 이룰 수 없기에 끝없이 갈구하고 실천해야 한다는 다짐의 겸손한 표현이다.

시 「고야古夜」는 이 제목이 말 그대로 옛날의 밤이라는 뜻이니 역시 실낙원의 시로 가름할 수 있겠다. 다섯 토막으로 되어 있는 이 시의 마지막 토막을 적는다.

> 선달에 냅일날이 들어서 냅일날 밤에 눈이 오면 이 밤엔 쌔하얀 할미 귀신의 눈귀신도 냅일눈을 받노라 못 난다는 말을 든든히 녀기며 엄매와 나는 앙궁 우에 떡돌 우에 곱새담 우에 함지에 버치며 대냥푼을 놓고 치성이나 드리듯이 정한 마음으로 냅일눈 약눈을 받는다

이 눈세기물을 냅일물이라고 제주병에 진상항아리에 채워 두고는 해를 묵여가며 고뿔이 와도 배앓이를 해도 갑피기를 앓어도 먹을 물이다

"냅일"은 납일臘日, 곧 동지 뒤에 세번째 미일未日을 말한다. 옛날에는 이날을 깨끗하고 거룩한 날로 여겼다. 이날 내리는 눈이 납일 눈이며 민간에서는 그 눈을 녹인 물에 약효가 있다고 믿었다. 여기서도 중요한 것은 이 세상에 어떤 깨끗함이 있다는 믿음이며, 그것이 구체적인 물질로 존재한다는 것을 확인하는 기쁨이다. 시인은 이 시를 과거형으로 쓰지 않는다. 특히 이 마지막 토막에서는 민간 약사들이 처방전을 쓰듯이 쓴다. 납일 눈을 받던 것은 옛날의 일이지만 납일은 여전히 찾아온다. 그것은 잃어버린 것의 끝없는 회복과 같다. 『사슴』은 실낙원의 시집, 다시 말해서 가장 늦게까지 남아 있을 낙원의 시집이다.

그런데 시집 『사슴』에는 '사슴'이라는 시가 없다. 그 대신 「노루」라는 두 줄짜리 짧은 시가 들어 있다.

산골에서는 집터를 츠고 달궤를 닦고
보름달 아래서 노루고기를 먹었다

'집터를 츤다'는 말은 집터를 마련하기 위해 땅을 고른다는

뜻이고, '달궤를 닦는다'는 말은 '달구'를 이용하여 땅을 다진다는 뜻이다. 옛날 시골에서 이런 일은 마을 사람들의 울력으로 이루어졌다. 그리고 일 끝에는 작은 잔치가 있다. 그 잔치에 노루 고기가 나왔다. 달밤이다. 아름답고 행복하다. 물론 옛날의 일이다. 가장 쉽게 잃어버리는 것이 또한 낙원이다. 시는 잃어버린 것을 마음에 묻어두고 다시 얻어야 할 것을 생각해낸다.

백석은 현대적이다. 그를 미당과 비교할 때 그 점이 두드러진다. 백석은 잃어버린 것을 잊어버리지 않아야 할 것으로 이야기한다. 미당에게는 잃어버린 것이 없다. 미당에게 현재는 여전히 신라이고 조선이다. 백석에게 현재는 잊어버리지 않아야 할 시간이다.

(2014년 『문예중앙』 여름호)

김종삼의 '베르가마스크'와 '라산스카' 1

김종삼은 이 땅에 살지 않는 듯이 이 땅에서 살았다. 이때 '이 땅'이란 말은 한국 땅이라는 뜻도 되고 지구라는 뜻도 된다. 그의 시가 "꽃과 이슬을 노래"함이 없이 도시적이었던 것은 땅과 덜 밀착된 곳이 도시이기 때문이었을 테고, 그 도시가 서구의 파편이거나 그 파편을 간직하고 있는 자리이기 때문이었을 터이다. 그러나 김종삼에게서는 그 서구 역시 땅이 아니다. 그것은 예술가들의 이름이거나 예술이라고 부를 수 있는 것들과 이리저리 연결된 말들일 외국어일 뿐이다. 그쪽 땅과도 가장 멀리 떨어진, 그래서 서러운 말들일 뿐이다. 고종석은 그의 사화집 『모국어의 속살』(마음산책, 2006)에서, 김종삼이 땅에서 멀리 떠났다기보다는 "생의 토양을 박탈당했다"고 말하며, 그가 자주 쓰는 외국 이름이나 외래어에 관해 그것들이 "드물지 않게 상징에 이르렀"으며, 시인이 그것들로 "제 교양이나 취향을 드러내는 데 그치지 않고, 거기 의지해 정서적 확장과 공명을 이뤄내는 데 자주 성공했다"고 평가한다. 김종삼이 "그 고유명사들을 장악하고 있었다"는 말은 날카롭고 간명하다.

고종석의 말을 듣다보면 김종삼의 한국어에 관해서도 생각하게 된다. 그의 외래어가 시에서 정서적 성공을 거둔 이면에서는 그 토대가 되고 환경이 되었을 한국어의 힘도 예사롭지 않았을 것이기 때문이다. 사실 김종삼의 한국어는 특별하다. 그는 늘 간결하고 쉬운 한국어를 썼지만, 그 통사법이 공교롭고 낱말들의 위치가 속된 습관을 자주 벗어나기에, 진술이 팔을 들어올려도 잡힐 듯 말 듯한 높이에 떠 있는 것처럼 느껴지곤 한다. 그는 한국말을 외국어처럼 썼다. 어쩌면 '문화어'라는 말은 김종삼의 시어를 일컬을 때만 적절한 말일지도 모르겠다. 문화적으로 태깔을 부려 썼기 때문이 아니라, 오히려 그 반대로 낱말들이 가능한 한 나쁜 문화의 억압을 덜 받도록 무심하게 썼기에 문화적이다. 그가 1957년에 발표했던 「어디메 있을 너」의 첫 대목을 적는다.

> 학교와 그 사이
> 새들의 나래와 깊은
> 숲속으로 스며 든
> 푸름의

호수와

학교와 그 사이에

石家 하나
鐘閣 하나
거기에 너는 있음직 하다.

김종삼의 생애에 깊은 관심을 가졌던 사람들은 '너'가 누군지 대개 짐작하겠지만, 여기서 그것을 말할 필요는 없다. 그것은 시선이 닿는 자리 어디쯤에 있을 것 같으면서도 끝내 찾을 수 없는 어떤 사람이다. "학교와 그 사이"에서의 '그'는 무엇을 지시할까. 뒤이어지는 시구가 그 설명이다. "학교와"와 "새들의 나래와"는 등위 접속이 아니다. "새들의 나래와"는 "호수와"와 연결된다. "푸름의 호수"는 "새들의 나래"와 더불어 "숲속으로" 스며들었다. "깊은"과 "숲속"이 귀결치기로 쓰인 덕분에 이 두 낱말은 '깊은 숲속'의 상투성을 면했다. 그래서 '학교와 그 사이'는 '학교와 푸름의 호수' 사이가 되는데, 이때 "푸름의 호수"는 '호수처럼 넓고 깊게 고여 있는 푸름'이라는 뜻이다. 학교는 이 세상이고 막막한 푸름은 다른 세상이다. 그 두 세상 사이의 풍경에 "石家 하나"가 있고 "鐘閣 하나"가 있다. 학교는 이 세상의 것이지만 이 세상을 다르게 살도록 가르치는 곳이며, 석가도 이 세상의 건물이지만 여염집이 아니며, 종교적인 종각은 이 세상의 시설이면서 동시에 이 세상을 초탈하기 위한 시설이다. 학교와 돌집과 종각은 이 세상을 조금 벗어난 자리에 있다. '너'에 대한 시인의 탐색은 이 세상을 벗어나는 자리에서 시작하여 다른 세상을 향한다.

말의 쓰임이 또한 그와 같다. "그 사이"의 '그'는 구체적인 대상을 가리키는 관형사지만 그 대상은 어조로도 막연하고 뜻으로도 막연하다. "나래"와 "호수"는 같은 행위의 동작주어지만 멀리 떨어진 자리에 배치되었을 뿐더러 '함께'나 '더불어' 같은 말이 생략됨으로써 '호수'가 행하는 행위의 막연한 양태부사처럼 느껴진다. "석가 하나"와 "종각 하나"에는 술어가 없어 그 존재와 고립을 동시에 표현한다. 낱말들은 이 땅과 이 땅의 말에서 가볍게, 그러나 확실하게 떠 있다. 김종삼의 한국어는 모국어 속에서 다른 모양새 다른 표정을 한다. 이 모국어의 낯설음이 외래어의 낯익음을—낯설어 보이지 않는 느낌을—물고 온다.

김종삼이 남긴 200여 편의 시 가운데 외국어로 제목을 붙인 시는 사람들이 믿는 것만큼 많지 않다. 「드빗시」「스와니강」「아우슈뷔츠」「베들레헴」「앤니로리」 같은 제목은 표기법이 조금 낯설기는 하지만 김종삼의 시대에도 벌써 외국어가 아니다. 문제는 반복되는 외국 이름 제목들이고 뜻이 감추어진 외래어

제목들이다. 그 제목들이 김종삼의 영토에 울타리를 만든다.

김종삼은 '베르가마스크'에 해당하는 말을 두 번 시의 제목으로 사용했고, '라산스카', 또는 '라잔스카'를 제목으로 삼아 여섯 개의 시를 썼다.

'베르가마스크'는 이탈리아의 도시 베르가모의 민속춤 또는 그 춤을 출 때 부르는 노래를 가리키는 말이다. 프랑스 사람들에게도 친숙하지 않은 이 프랑스어가 일본이나 한국의 시에 등장하게 된 연원은 아마도 베를렌의 시 「달빛」에서 찾을 수 있을 것이다. 여러 가지 이유로 이 난삽한, 내용이 난삽한 것이 아니라 번역하기가 난삽한, 이 시를 우리말로 옮겨놓을 필요가 있을 것 같다.

그대의 영혼은 선택된 풍경
마스크들과 베르가마스크가 줄곧 매혹하며
류트를 뜯고 춤을 추고 환상적인
변장 아래서는 거의 슬프고

승리하는 사랑과 잘나가는 삶을
단조에 실어 노래하면서도
저들은 자기네 행복을 믿지 않는 품새,
저들의 노래 달빛에 섞인다.

나뭇가지의 새들을 꿈꾸게 하고,
대리석 조각 사이 높고 날씬한 분수들
황홀에 겨워 흐느끼게 하는,
슬프고도 아름다운 저 고요한 달빛에.

우리의 이야기와 관련된 것도 첫 연이고 번역하기 어려운 것도 첫 연이다. "그대의 영혼은 특별한 풍경인데, 그 풍경을 가면무도회의 가면들과 베르가마스크가 매혹하면서 류트를 연주하고 춤을 춘다. 그러나 가면을 쓰고 춤추는 사람들은 거의 슬픈 얼굴이다." 내용을 간추리자면 이런 말이 되지만, 베를렌 자신이 이 내용을 확연히 드러내는 방식으로 시를 쓰지는 않았다. 그가 인상주의의 화필로 그려내려 한 것은 안개 같은 달빛 아래서 다양한 가면들이 어울려 추는 이국적인 민속춤의 일렁임이며, 그 흥겨움 속에 감추어진 몽롱한 슬픔이다. 한 인간의, 바로 시인의 내면 풍경이 그러하다. 해방 이전에, 그리고 한국동란 이전에, 김억, 양주동, 이하윤 등 베를렌 번역자들은 이 시를 번역하지 않았다. 첫 연의 통사법이 괴상한 탓도 있었을 것 같고 '베르가마스크' 탓도 있었을 것 같다. 그후 김종삼의 생전에 이 시는 두 번 번역되었다. 한 번은 장만영(『베르랜느 詩集』, 1961, 동국문화사)에 의해서고, 한 번은 송면(『베를레느 詩集』, 1975, 서문당)에 의해서다. 김종삼의 시는 이들 번역과 무관하다. 그의 「베르카·마스크」(1955)와 「베루가마스크」(1959)가 발표된 것은 번역 이전이며, 게다가 이들 번역에는 '베르가마스크'가 나타나지 않는다.

장만영은 첫 연을 다음과 같이 번역했다.

> 너의 마음은 얌전한 풍경과 같다.
> 그리고 본적 없는 탈바가지를 쓰고
> 노래하고 떠들석거리며
> 가장무도회에서 돌아오는
> 사람들은 지나가지만
> 그들의 마음도 그렇게
> 유쾌한 것 같지는 않다.

네 줄이 일곱 줄로 번역되었다는 사실이 번역자의 고심을 말해줄 것이다. 사라진 '베르가마스크'는 "본 적 없는 탈바가지" 속에 구겨넣어졌을 것이다.

송면은 첫 연을 다음과 같이 번역했다.

> 그대의 마음은 이를 데 없는 경치와 같다. 거기에
> 괴상한 가면을 쓴 사람들이 무도회에서
> 돌아오며 흥겨워 노래부르고 있는데

그들의 마음은 거의 슬픈 것 같다.

두 번역이 모두 동일한 일어 번역본을 참조한 것은 아닐까. 두 번역이 모두 '베르가마스크'를 '가면'에 욱여넣었으며, 동일한 자리에서 원문을 오해하고 있다.

그런데 김종삼은 '베르가마스크'가 무엇을 말하는지 알고 있었을까. 그가 이 외래어를 한 번은 "베르카·마스크"로, 한 번은 "베루가마스크"로 쓰고 있다는 점이 의심을 사게 하지만, 그러나 단정할 수는 없다. 그는 음악 전문가이기 때문이다. 그가 1955년에 국방부 정훈국에서 발간한 『전시한국문학선』에 실었다는 「베르카·마스크」는 일곱 줄의 짧은 시이다.

토방 한결에 말리다 남은
반디 그을끝에 밥알 같기도한
알맹이가 붙었다

밖으로는
당나귀의 귀같기도한
입사귀가 따우에 많이들
대이어 있기도 하였다

이제는 '옛'이란 말을 붙여야 할 농가의 초여름(아마도!)이다. 김종삼과 어떤 인연이 있는 집일까. "반디"는 서북지방에서 밴댕이를 부르는 말이라고 들었는데 "그을"은 무엇일까. 대야와 같은 큰 그릇일까. 잎사귀가 "당나귀 귀같기도한" 식물은 한국의 중부 이북 농촌 어디에서나 볼 수 있는 소루쟁이가 아닐까. 시인의 설명을 들을 수 없기에 한낮의 적막감이 더 크다. 이 집과 베르가마스크는 어떤 관계가 있을까. 어떤 민속 무곡의 가락이 이 풍경을 떠올리게 하지도 않았을 것이다. 기억 속의 풍경이 문득 불러오는 슬픔을 외국의 시구에서 본 낱말 하나로 덮고 있다는 정도의 설명밖에 다른 설명이 가능할까. 풍경에는 그 풍경의 이름이 따로 있지만, 기억에는 어떤 말이나 그 이름이 될 수 있다.

또하나의 시 「베루가마스크」는 1959년 『신풍토』(잡지일까 사화집일까)에 발표되었다는 시이다. 앞의 시와 같은 소재로 쓴 시이지만 조금 더 길고 그만큼 더 아득하다.

> 그 부근엔,
> 당나귀 귀같기도 한 잎사귀가
> 따 위에 많이들 대이어 있기도 하였다.
> 처마 밑에 달린 줄거리가 데룽거렸던
> 어느 날엔

개울 밑창 파아란 해감을 드려다본 것이다. 내가 먹이어 주었던 강아지 밥그릇 생각이 났기 때문이다.

몇 해가 지난 어느 날에도
이 앞을 지나게 되었다.

첫 연은 앞의 시 「베르카·마스크」를 더 간명하게 요약한 것처럼 보인다. "반디 그을" 등이 "처마 밑에 달린 줄거리"로 바뀌었다. 뒤에 덧붙여진 세 문장은 이 시를 「민간인」만큼 슬프게 한다. "개울 밑창 파아란 해감"의 '해감'을 설명하면서 '바닷물 따위에서 흙과 유기물이 썩어 생기는 냄새나는 찌꺼기'라고 사전의 말을 그대로 옮겨다 붙인 비평가의 해설이 있는데, 옳지 않다. 썩은 개흙이 푸른색일 수도 없고, 더구나 "파아란"이란 아어를 달고 나타날 수도 없다. 여기서 '해감'은 해캄이다. 민물에서 자라는, 푸른 머리카락 모양의 녹조류다. 흔히 물이끼라고 부르는 것으로, 중국 술 마오타이주의 원료 가운데 하나라는 이야기도 있다. "내가 먹이어 주었던 강아지 밥그릇"이라는 말은 그 집이 고향집이거나 어린 시절 오래 머물렀던 집이었음을 말해준다. 강아지는 물론 죽었을 터이지만 밥그릇은 어디 갔을까. 시인이 개울 밑창에서 그 밥그릇을 찾지는 않았을 것이다. "몇 해가 지난 어느 날"은 개울 밑의 해캄을 들여다본 이후 몇 해가 지났다는 뜻일까, 아니면 현재를 기준으로 몇 해 전 어느 날이라는 뜻일까. 어느 쪽이건 그것은 그 집과 멀어지는 과정이다. 그리고 그 과정에는 동족상잔의 전쟁이 들어 있다.

이후 한국 사람의 뿌리는 저 집과 함께 사라졌다. 그것이 김종삼에게 여섯 개의 「라산스카」를 쓰게 한 이유다.

(2014년 『문예중앙』 가을호)

김종삼의 '베르가마스크'와 '라산스카' 2

김종삼이 그렇게도 오래 붙들고 있었던 제목 「라산스카」[1]에 관해서는, 그것이 미국의 러시아 유태인계 가수 헐더 라산스카(Hulda Lashanska, 1893~1974)의 이름인 것이 이제는 명백해졌지만,[2] 시인은 생전에 이 점을 밝히지 않았다. "라산스카가 뭐

---

1) 우리는 앞의 글에서 김종삼이 '라산스카'라는 제목으로 여섯 편의 시를 썼다고 말했으나, 실은 여덟 편이다. 신철규 시인이 두 편의 「라산스카」를 더 찾아내었다. 신 시인이 그 두 편의 시를 다른 자료들과 함께 내게 보내주었으나, 내가 발굴자보다 먼저 그 내용을 말할 수는 없는 일이어서, 그의 발표를 기다리며, 여기서는 이미 알려진 여섯 편의 시에 관해서만 이야기하기로 한다.

2) 김종삼은 1918년에 〈애니로리〉를 표제곡으로 내걸고 취입된 콜롬비아 레코드사의 음반으로 라산스카의 노래를 들었을 것이다. 어쩌면 그가 처음 접한 서양 가수의 소프라노곡이 아니었을까. 라산스카는 〈애니로리〉로 스타덤에 올랐으며, 특히 이에 대한 일본의 반향이 커서, 한국에서까지 이 표제곡을 '세계명곡 100선' 등의 책에 빠짐없이 수록하게 되었다. 그러나 두 번 입을 열었다 두 번 닫고 다시 활짝 입을 열어 발음하는 '라산스카'란 이름도 그를 매혹하였을 것이 틀림없다. 이 시를 사전 정보 없이 읽은 사람들이 '라산스카'를 어떤 가상의 지명으로 이해하려 했던 것도 이 점에 이유가 있을 터이다. 그러나 '라산스카'가 〈헝

냐고? 밑천을 왜 드러내. 그걸로 또 장사할 건데. 묻는 사람이 여럿 있어요. 안 가르쳐줘요." 청하판 『김종삼 전집』(1988)에 붙인 강석경의 글에 따르면, 이것이 그의 대답이었다. 그가 제목의 연원을 밝히지 않은 여러 이유 가운데는 이들 시가 모두 가수 라산스카와 연결되면서도 그 가수나 그의 노래를 구체적으로 서술하는 것은 아니라는 점도 들어간다. '라산스카'가 무엇을 가리키는지 알지 못해도 시는 이해된다. 이 소프라노 가수의 노래가 시인에게 일으켰을 감흥과 그의 시들이 긴밀하게 연결되어 있는 것이 사실이라고 하더라도, 그 감흥의 기원은 시 쓰기에서 하나의 계기에 지나지 않기 때문이다. 이 점은 저 '베르가마스크'들의 경우와 마찬가지다. 중요한 것은 이들 시가 모두 폐허 또는 죽음의 이미지를 담고 있고, 그 절망의 이미지를 배경으로 이 소프라노 가수의 흐리면서도 표현력이 높은 음색처럼 깊은 세계 하나가 어려 있다는 것이다.

「라산스카」를 머리에 얹은 첫 시는 1961년에 발표되었다. 『현대문학』 동년 7월호에 발표된 이 시는 7년 후 김종삼이 김광림, 문덕수와 함께 발간한 3인의 "연대시집" 『본적지』에, 행갈이가 약간 바뀌고 구두점이 삭제되어, 다시 수록되었다. 『본적지』

가리랩소디〉를 구성하는 음악 형식 '랏산Lassan'과 '프리스카Friska'를 결합한 조어라는 주장은 김종삼이 '라산스카'를 '라잔스카'로도 표기했다는 점을 염두에 둔다면 그 실증적 근거 자체가 허망하다.

의 텍스트를 옮겨 적는다.

미구에 이른 아침
하늘을 파헤치는
스콥 소리

하늘 속
맑은
변두리
새 소리 하나
물방울 소리 하나

마음 한 줄기 비추이는
라산스카

앞으로 20여 년의 세월을 요구할 '라산스카 장정'의 출발점이 되는 이 시는 아마도 라산스카의 노래에 대한, 아니 그보다는 그 노래가 시인의 정신에 미치는 어떤 효과에 대한 묘사일 것이다. 첫 시구 "미구에 이른 아침"은 무슨 뜻일까. "미구에"는 '머지않아'라는 말인데, "이른 아침"은 '늦은 아침'의 상대어일까, '도달한 아침'이라는 말일까.[3] "미구에"를 염두에 두면 '빨리도 온 아침'이라고 이해해야 할 것 같고, '몸과 마음이 준비되지 않은 상태에서 맞는 아침'이라는 속뜻을 거기서 읽어도 무방할 것이다. 그 아침에 시인은 어떤 기운이 "하늘을 파헤치는" 소리를 듣는다. "스콥"은 김인환이 한 글에서 밝혔던 것처럼 '삽'을 뜻하는 네덜란드어 'schop'이다. 라산스카의 소프라노가 하늘에 작은 구멍을 내며 솟아오른다. 이때 노래는 아침 그 자체이다.

이어서 제2연. 하늘나라라고 하더라도 인간세계와 마찬가지로 그 중심부는 번잡할 것이다. 그래서 시인은 "변두리"를 생각하며, 거기서 "새 소리 하나"와 "물방울 소리 하나"를 듣는다. 라산스카의 노래는 김종삼에게 일종의 순결한 지우기이다. 소프라노의 음색은 그에게서 지난밤의 악몽을 지우고, 나날의 불안을 지우고, 삶의 번뇌를 지운다. 그 지워진 자리를 타고, 마지막 연의 "마음 한 줄기 비추이는" 빛이 들어온다. 시인은 정결한 마음으로 사모하는 뜻을 담아 "라산스카"를 부른다. 김종삼의 모든 「라산스카」에서 '라산스카'는 항상 호격이다.

두번째(알려진 여섯 개의 시편 가운데) 「라산스카」는 『신동아』 1967년 10월호에 발표되었다.

---

3) 글을 다 쓰고 원고를 정리하는 과정에서 "미구"가 "微軀"일 수도 있다는 생각이 들었다. 만일 그렇다면 첫 시구는 "이 보잘것없고 천한 몸에 찾아온 아침"이라는 뜻이 되겠다.

녹이 슬었던
두꺼운 鐵門 안에서

높은 石山에서 퍼 부어져 내렸던
올갠 속에서

거기서 준
신발을 얻어 끌고서

라산스카
늦가을이면 광채 속에
기어가는 벌레를 보다가

라산스카
오래 되어서 쓰러져가지만
세모진 벽돌집 뜰이 되어서

첫 두 연은 어떤 정신상태의 연원을 말한다. 튼튼하지만 녹이 슨 철문으로 폐쇄된 장소는 오래전에 봉인된 정원과 같다. 그 정원의 "높은 석산"은 한 정신의 위치에너지를 말할 터인데, 그 에너지는 "올갠"으로 기표된 음악을 통해 시인-화자에게 사무쳤다. 흔히 '영감'이라고 불리는 것이 인간에게 찾아오는 방식이 이와 같으리라. 화자는 그 영감을 신발로 삼았다. 이 신발은 다른 세계로 시인을 싣고 가기만 하는 것이 아니라, 시인과 그가 딛고 선 이 세상 사이에 하나의 간격, 얇지만 확실한 간격을 만든다. 그가 "라산스카"를 부르며 "늦가을이면 광채 속에" 들어가는 것은 이 신발의 덕택이지만, 거기서 보게 되는 것은 "기어가는 벌레"다. 시인은 그 벌레이기도 하고 그 벌레를 보는 사람이기도 하다. 라산스카가 노래하는 세계, 또는 그 노래 자체인 세계에 그는 갈 수 없다. 그는 다만 벌레가 되어 누리는 늦가을의 양광으로, 그 벌레를 바라보는 시간의 작은 평화로 그 세계의 한 조각을 체험한다. 그래서 또 한번 더 부르는 "라산스카"는 슬프다. 그가 기억하는, 또는 꿈꾸는 어떤 장소는 저 전설의 낙원처럼 "오래 되어서 쓰러져가지만" 그러나 "세모진 벽돌집 뜰이 되어서" 여전히 남아 있다. '세모'는 퇴락을 멈추지 않는 세계에서 제 간결한 선을 유지하여 하나의 추상이 되고, '벽돌'은 여전히 단단하다. "뜰"은 언제까지나 오래된 정원으로, 그러나 오래된 정원으로'만' 남아 있다.

김종삼은 잡지 『풀과 별』 1973년 7월호에 또 한 편의 「라산스카」를 발표했다. 이 시는 그가 타계한 해인 1984년에 발간된 그의 시선집 『평화롭게』(고려원)에 수록되면서 몇몇 어구와 행갈이가 수정된다. 수정된 텍스트를 옮긴다.

집이라곤 비인 오두막 하나밖에 없는
草木의 나라

새로 낳은
한 줄기의 거미줄처럼
水邊의
라산스카

라산스카
인간되었던 모진 시련 모든 추함 다 겪고서
작대기를 짚고서.

한 사람이 죽음의 길이라고밖에는 말할 수 없는 길을 가고 있다. 그는 "초목의 나라"를 지나가는데, "집이라곤 비인 오두막 하나밖에 없"다. 이 "비인 오두막"은 다른 세상으로 넘어가는 사람이 잠시 쉬어가는 곳이리라. 이윽고 "수변"에 이르렀다. 물을 건너면 다른 세상이다. 그에게 이 세상에 남은 것은 무엇일까. 라산스카의 노래가 새로 생겨난 "한 줄기의 거미줄처럼" 물가에 걸려 있다. 거미줄은 늘 낡은 세계의 징표이지만, 물가에 새로 생겨난 거미줄까지 그런 것은 아니다. 그것은 있음과 없음을 한

편으로는 가르고, 한편으로는 서로 투과하게 하는 거의 투명한 막이다. 그것은 물질이자 비물질이며, 존재이자 비존재이다. 이승의 마지막 물가에서 "새로 낳은/한 줄기의 거미줄처럼" 희미해지고 지워지는 라산스카의 노래는 "인간되었던 모진 시련 모든 추함"을 지우고, 그의 존재를 지워, 비존재로 존재의 순결을 되찾으려는 한 인간의 마지막 소망이다. 그의 존재는 청명한 라산스카의 노래가 되고, 그 노래와 함께 사라져야 할 것이다. 라산스카는 이 시가 발표된 다음해에 세상을 떠났다.[4] 물가에 "작대기를 집고" 서 있는 자가 라산스카가 아닌 것은 말할 것도 없지만, 그 자리에 시인을 대입하는 것도 훌륭한 읽기가 아니다. "인간되었던 모진 시련 모든 추함"을 다 겪어야 하는 것은 모든 인간의 조건이다. 라산스카와 그의 노래는 모든 인간이 그 존재의 폐지에 이르러서만 체험하게 될 물질이자 비물질인 것의 순결이다. 여기서도 라산스카는 순결한 지우기이다.

김종삼은 이 순결한 지우기를 자신의 시쓰기에서도 실천하였다. 그는 이미 발표한 「라산스카」의 일부를 지워버리는 방식으로 또하나의 「라산스카」를 만들었다. 1977년에 발간된 그의

---

4) 라산스카는 성공의 정점에 선 1940년에 화려한 무대를 떠나 음악교육에 나섰으며, 미국 유태인 사회의 후원을 받아가며 자선적 성격의 연주회를 자주 열었다. 남편은 일찍 죽었지만, 그녀에게는 두 딸이 있었고, 1974년에 세상을 버릴 때는 증손자를 품에 안아본 뒤였다.

두번째 개인시집 『시인학교』(신현실사)의 「라산스카」는 우리가 앞서 이야기한 1961년의 시에서 그 첫 연만을 취하여 두 개의 연으로 재배치한 것이다.

> 미구에 이른
> 아침
>
> 하늘을
> 파헤치는
> 스콥소리

이 짧은 시는 일본 고유의 시 형식인 하이쿠를 생각하게 한다. 시인은 시가 짧아질수록 라산스카의 순결한 노래에 더 가까워진다고 생각했던 것인지도 모른다.

한편, 김종삼은 이 과정에서 지워버렸던 뒷부분을 『문학사상』 1983년 7월호에 독립된 시로 발표하며 또다시 「라산스카」를 제목으로 썼다. 발표 시기로만 본다면 지워졌다가 살아난 이 텍스트가 그의 마지막 「라산스카」가 된다.

> 하늘속 맑은
> 변두리

새소리 하나

물방울 소리 하나

마음 한줄기 비추이는

라산스카

가장 잘 알려진, 그래서 다른 「라산스카」들을 거의 대표하기도 하는 「라산스카」는 1982년에 발간된 개인시집 『누군가 나에게 물었다』(민음사)에 수록되었다.

바로크 시대 음악들을 때마다

팔레스트리나들을 때마다

그 시대 풍경 다가올 때마다

하늘나라 다가올 때마다

맑은 물가 다가올 때마다

라산스카

나 지은 죄 많아

죽어서도

영혼이

없으리

시인이 들었을 "바로크 시대 음악"과 "팔레스트리나"의 음악은 대부분 종교음악이다. "그 시대 풍경"은 인간의 삶이 교회를 중심으로 영위되던 시대의 풍경이다. "하늘나라"와 "맑은 물가"에 관해서는 설명이 필요 없다. 그런데, "바로크 시대 음악"과 "팔레스트리나"는 '듣다' 동사의 목적어이고, "그 시대 풍경" "하늘나라" "맑은 물가"는 모두 '다가오다' 동사의 주어인데, 목적격조사와 주격조사가 없다. 듣기는 무심하게 듣는데, 다가오는 것은 다정하게 다가오지 않는다. 시인이 자신을 "지은 죄 많"은 사람으로 생각하기 때문이다. 그래서 시인은 가톨릭 교인들이 경외해야 할 그리스도를 부르기 전에 먼저 성모를 부르는 것처럼, "하늘나라"와 "맑은 물가"를 내다보기 위해 먼저 "라산스카"를 부른다. 죄 많은 그가 먼저 기대는 자리도 마지막으로 기대는 자리도 라산스카다.

황인숙은 언젠가 『문장 웹진』의 시 배달 프로그램에서 이 시를 배달하며, 이렇게 썼다. "팔레스트리나를 들으면서 「라산스카」를 읽어봤다. 한 곡을 채 못 듣겠다. 훅 끼치는 내 죄의 기세에 속이 메슥거린다. 팔레스트리나는 참으로 가학적인 음악이다. 죄를 씻어주는 게 아니라 끝없이 환기시키며 주위 공기를 습한 죄의 입자들로 자욱이 채운다. 아주 숨통을 죈다. 팔레스트리나가 시 「라산스카」를 쓰게 한 게 틀림없다. 시 속의 라산스카, 헐더 라산스카는 아마도 팔레스트리나의 대척점에 있으리라. 나를 구원해다오, 라산스카! 그리운 안니 로리." 나는 황인숙이 이 시를 최초로, 그리고 가장 잘 이해한 사람이라고 생각한다.

시인이 "죽어서도/영혼이/없으리"라고 말할 때, 그는 자신이 받게 될 징벌을 반드시 말하는 것은 아니리라. 여기서도 그는 자신에게 베풀어질 유일한 구원의 형식인 '순결한 지우기'를 염두에 두었을 것이다.

이 순결한 지우기를 상념하기 위한 부록으로 시 한 편을 더 읽자. 「돌각담」은 시인이 김광림, 전봉건과 함께 1957년에 펴낸 3인 시집 『전쟁과 음악과 희망과』에 실었던 시이다. 시인은 이 시를 자신의 등단작으로 여겼으며, 자신이 쓴 가장 좋은 작품 가운데 하나로도 이 시를 꼽았다. '돌각담'은 다듬지 않은 돌로 다른 재료 없이 쌓아올린 담이다. 시인은 이 시를 두 번 발표하였다. 처음 발표된 3인 시집의 시는 띄어쓰기 없이 글자들을 돌각담 모양으로 배열한 일종의 상형시다. 시의 상형은 돌담보다는 오히려 돌탑처럼 보인다. 그러나 이 시는 처음 세로쓰기로 인쇄되었으며, 행과 행 사이가 약간 벌어져 있었다. 지금 우리가 가로쓰기로 보는 것보다 담이 훨씬 더 낮고 훨씬 더 길었다는 점을 아는 것도 이 시를 이해하는 데 도움이 될 것이다.

廣漠한地帶이다기울기

시작했다잠시꺼밋했다

十字型의칼이바로꼽혔
다堅固하고자그마했다
흰옷포기가포겨놓였다
돌담이무너졌다다시쌓
았다쌓았다쌓았다돌각
담이쌓이고바람이자고
틈을타凍昏이잦아들었
다포겨놓이든세번째가
비었다

김종삼은 1975년에 쓴 한 글에서 육이오가 발발한 직후, "수원에서 조치원, 그곳에서 다시 남쪽을 향하여 노숙을 하며" 피난을 가던 중에 이 시를 생각했다고 썼다. "걷고 걷던 7월 초순경, 지칠 대로 지친 끝에 나는 어떤 밭이랑에 쓰러지고 말았다. 살고 싶지가 않았다. 얼마를 지났던 것일까, 다시 깨어났을 때는 주위가 캄캄한 심야였다. 그러면서 생각한 것이 「돌각담」이었다."

첫 시를 발표할 때 시인은 제목 「돌각담」과 글자로 된 '돌각담' 사이에 '하나의 前程 備置'라는 부제를 넣었다. 이 부제를 '앞길에 세워두어야 할 장치' 정도로 읽어도 무방하겠다. 그 장치인 돌각담을 넘어가면 인적 없는 사막이 펼쳐진다. 다른 세상이다. 돌담에는 십자가형의 칼이 꽂혀 있다. 이 단단하고 자그마한 칼은 종교적 성질을 띤 어떤 심판을 말할 것이다. 돌각담 위의 "흰옷포기"는 다른 세상으로 간 자들이 돌담을 넘기 전에 벗어놓은 것이리라. 시는 가사 상태에 들어갔다가 깨어난 사람들의 체험담처럼 들린다. 돌담이 무너질 때 시인에게 죽음의 길이 열린 것이며, 그 담을 쌓고 쌓고 또 쌓을 때, 그는 죽음과 절망적인 싸움을 벌이고 있다. 돌각담이 다시 쌓이고, 바람이 잦아들었고, 하늘에 얼어붙었던 핏빛 황혼이 사라졌다. 포개놓았던 세번째 옷이 비었다는 것은, 재차 말해서 사라졌다는 것은 시인이 벗어놓았던 옷을 다시 입었음을 말하리라. 죽음은 유예되었고 시인은 비로소 이 세상의 옷을 입을 수 있는 사람이 되었다. 그는 깨어났다. 저 돌각담을 또다시 만나 다시금 옷을 벗을 때까지 그는 "인간되었던 모진 시련 모든 추함"을 다 지워야 한다. 라산스카가 그 지우기를 도왔다. 돌담 너머는 그의 존재조차 사라질 빈 벌판이다.

나는 앞에서 시 「베루가마스크」와 「베르카·마스크」를 말할 때, 실은 작은 속임수를 썼다. 나는 김종삼이 베를렌의 시 「달빛」보다는 거기서 착상을 얻어 작곡한 드뷔시의 피아노 모음곡 〈베르가마스크〉를 통해 '베르가마스크'를 알았을 것이라고 생각하면서도, 베를렌에 관해서만 말했다. 시인으로서의 베를렌의 선택을 김종삼에게서도 보는 것만 같았기 때문이다. 문학사를 쓰는 사람들은 베를렌의 의지박약에 대해서 종종 이야기한다. 따지고 보면 베를렌의 의지박약은 일종의 실천이었다. 랭보는 젊은 육체가 지니는 관능의 힘으로, 말라르메는 오랜 의지적 글쓰기를 통해 도달하게 된 '말하는 주체의 부정'으로, 각기 다른 목소리에 도달했다. 반면에 베를렌은 자신을 무기력하게 방기함으로써 객체와 주체의 경계를 없애고 비인칭적 감정 상태에 도달한다. 베를렌에게 의지박약은 그 나름의 방법이며 일종의 실천이었다. 김종삼은 중증 알코올중독과 가난과 신병에 시달리던 1981년, 어느 일간지 기자를 만나 '시의 광채'와 '생활의 윤택'을 함께 얻으려는 '어리석은 무리'를 탄핵했다. 생활의 방기를 넘어선 자기 방기는 그에게 하나의 실천이었다.

(2014년 『문예중앙』 겨울호)

발레리의 주지주의와 영겁 없는 시

발레리가 한국에 본격적이라고까지는 할 수 없어도 일정한 면목을 갖추고 처음 소개된 것은 송욱의 『시학평전』(일조각, 1963)을 통해서다. 이 책이 한국시와 시 비평에 잊지 못할 파장을 일으켰던 것은, 그것이 무엇보다도 시에 대한 우리의 통례적인 믿음 전체를 반성하고, 시문학의 영역에서 우리를 당황하게 했던 것들의 정체를 정직하게 규명하려 한 최초의 글이었기 때문일 것이다. 게다가 이 작업은 그때까지 일본의 이론서에 의지해서 익혔던 개념어나 개념 문맥들을 우리말로 다시 점검하고 새로이 꿰어 엮어본 최초의 시도이기도 했다. '순수' 같은 말이 한국어로 처음으로 '조리 있게' 설명된 것도 이 책에서다. 그 점이 왜 중요한지에 대한 대답은 '순수'나 '순수시'의 정의 속에 벌써 내재돼 있다. 그것은 이성의 어떤 경계, 사고의 어떤 극한 상황에서만 시가 생성될 수 있다고 말하는 것이기 때문이다. 『시학평전』이 발간된 당시, 순수라는 말이 대중문학과 구별되는 순문학의 특성을 지칭하거나, 경향문학과 대비되는 예술지향문학의 특성을 의미하는 것으로 모호하게 이해되던 실정에서, 송욱이 발레리를 통해 소개한 순수시의 개념은 낯선 만큼 매혹적이고, 어느 정도는 충격적이기도 했다. 발레리의 순수시와 관련하여 송욱이 관심을 가졌던 것은 순수시의 개념 파악과 순수자아라고 일컬어지는 의식의 절대경에 대한 이해와 순수시의 가치 규명 등 크게 세 가지였다. 그는 발레리의 「마네의 개선」으로부터, 예술가가 '선명한 의식과 자기 예술수단의 지배'를 통해 '감각적 인상의 공교로운 조직에서 얻어내는 효과'라는 순수성에 대한 정의를 끌어낸다. 이 효과는 '매혹'이라고 일컬어지는 것처럼 낯설고 의외로운 성격을 지니고 있지만, 순수 그 자체는 "화학자들이 순수한 물질(즉 원소)이라고 할 때에 지닌 의미와 같이 매우 단순한 것"이다. 그러나 단순한 것이란 곧 절대적인 것을 의미하며, "시작품에서 산문적 요소를 어떻게 해서든지 송두리째 뽑아내고" 얻어진다는 불가능한 조건을 전제하는 만큼 "하나의 실재가 아니라 이상이라고 규정해야 한다". 순수시는 요청적 개념일 뿐이다. 따라서 순수시란 "언어가 지배하고 있는 감수성의 모든 판도를 탐구하는 것"이라는 발레리의 말로부터 시의 개념에 대한 "하나의 극한"을 발견하는 송욱은 "시작행위를 절대행위로 만드는 순수의식"이라는 측면에서 순수

시를 다시 이해하려 함으로써, 발레리가 시에 걸었던 기대와 그 효용성을 짐작할 수 있었다. 송욱은 발레리의 순수시 개념에서 시 의식과 시의 목표뿐만 아니라, 시에 대한 정의 자체를 발견하고, 그 방법을 찾아낸 셈이었다. 문제는 시가 "하나의 극한"에 이르기 위해서는 지성을 극한까지 몰고 가야 한다는 것이다. 시를 쓰면서 한 사람의 정신이 극한까지 간다는 생각은 그 당시에 매우 특별한 것이 아닐 수 없었다.

이 극한의 지성과 관련하여 송욱은 이 책에서 발레리의 시 한 편을 번역해서 소개했다. 한국어로는 최초로 번역되었을 발레리의 시이니 여기 적어둘 만하다.

뚜렷한 불꽃이 나에게 깃들어
나는 냉냉하게 살펴본다
맹렬한 목숨이 모두 불밝혀짐을……
빛과 어울린 목숨이 하는 동탕한 짓은
오로지 잠든 때만 사랑할 수 있을 뿐

낯들은 밤에 와서
나에게 눈초리를 돌려준다
'불행'이 바로 어둠 속에 흩어지는
불행한 첫잠이 들고 난 뒤에

낯들은 돌아와서
눈을 주며 나를 살린다

낯들이 지닌 기쁨이
요란스레 터질지라도
나를 깨우는 메아리는
몸둥아리 바닷가에
다만 죽은 이를 밀어 올렸을 따름.
야릇한 웃음결이
네 귓전에 매달렸음은

마치 빈 소라껍질에
바다가 속삭이듯
의심은 경탄이 다한 물가에서
내가 있는지 있었는지 잠자는지
깨어 있는지? 이렇게 주절댄다.

반세기 전의 번역이다. 원시의 형식이 14행 소네트라는 것을 무시하고 옮긴 이 역문을 지금은 따라 읽기가 쉽지 않다. 시구에 대한 설명을 겸해서, 내 번역이라기보다는 차라리 우리 시대의 번역이라고 해야 할 번역을 적는다.

뚜렷한 불꽃 하나가 내 안에 깃들었으니, 온통 불 밝혀진
저 격렬한 생명을 냉정하게 나는 살펴본다……
이제 나는 잠들어서가 아니라면, 빛이 섞인
그 우아한 행위를 사랑할 수 없다.

나의 날들이 밤에 와서 불행한 잠의
첫 시간이 지난 후 내게 시선을 돌려준다.
불행 바로 그것이 어둠 속에 흩어져 있을 때,
그것들은 되돌아와 나를 살리고 내게 눈을 준다.

내 날들의 기쁨이 폭발한다 해도, 나를 깨우는 메아리가
내 육체의 물기슭에 던져둔 것은 주검 하나뿐,
그리고 내 낯선 웃음이 내 귀에 걸어둔다,

빈 소라껍데기에 바다의 속삭임을 걸어두듯,
저 의혹을,—극한에 이른 경이의 물가에서,
나는 있는가, 있었는가, 나는 자는가 깨어 있는가?

약간 난해한 듯하지만 서술의 선을 정리하고 보면 매우 명쾌한 시다. 제1연에서 "뚜렷한 불꽃"은 시인의 이성이며, "격렬

한 생명"은 인간으로서의 삶의 밑바닥을 형성하는 동물적 생명력이다. 한 인간 안에서 이성은 그 동물적 생명을 늘 분석하고 지배하고 감시하지만, 그 인간이 잠들면 동물의 생명력은 이성과 섞이어 우아한 꿈이 된다. 프로이트 같으면 이 꿈을 무의식과 연결시켰겠지만, 정신분석학을 아직 신뢰하지 않았던 발레리는 꿈속에서도 동물적 생명력이 지성의 조명을 받고 있다고 생각한다. 제2연은 앞의 연에 대한 논리적 설명이다. 잠든 인간은 나날의 고통, 곧 낮이라고 하는 밝은 이성의 심려를 잊는다. 잠든 자는 나날의 고통을 잊고 그의 심려는 이성이 작용을 멈춘 지대의 어둠 속에 흩어지지만, 이성은 꿈을 타고 되돌아와 잠 속에서도 그의 주체를 형성하고 그의 성찰을 유지시킨다. 제3연에서, 잠든 인간은 아름다운 꿈을 경험하고 문득 정신을 차리며, 어떤 경이의 세계를 연출하던 꿈에 비해 삭막할 뿐인 현실로 돌아오며, 회복되는 이성과 함께 제 삶의 명증한 주체가 되어야 하는 고통을 체험한다. 마지막 연에서 시인은 잠이 깨어 지성과 동물적 생명의 어름에서, 꿈과 현실의 어름에서, 존재이기도 하고 부재이기도 한 제 주체의 상태를 묻는다. 잠들면서도 지성적인 시인은 이렇게 비이성의 한 순간을 체험한다. 그러나 그 역시 지성의 해명 아래서 체험한다.

견실한 지성의 뒤에서 비이성의 세계가 항상 호시탐탐 기다리고, 지성은 그 세계에 유혹된 듯하면서도 유혹될 뻔하는 저 자신을 내내 감시하고 분석한다. 그러면서 동시에 지성은 비이성적인 세계로 저 자신의 좁은 한계를 극복하거나 극복했다고 믿는다. 시의 이 구조는 발레리의 시 어디에서나 다시 반복된다. 그의 초기 시 가운데 하나인 「실 잣는 여인」이다.

선율의 정원이 하늘거리는
십자창의 푸름에 앉아 실 잣는 여인,
오래된 물레 코 고는 소리에 취했네.

창공을 마시고는, 그리도 가날픈 손가락에서
도망치는 앙증맞은 머리타래 잣기에 지쳐,
여인은 꿈꾸고, 그 작은 머리는 기울어지네.

떨기나무 한 그루와 순수한 공기가 만드는 맑은 샘,
햇빛에 매달려, 꽃잎이 잃은 것들로,
해찰하는 여인의 뜨락을 즐겁게 적시네.

떠돌이 바람이 쉬어가는 줄기 하나,
별로 피어난 그 자태로 고개 숙여 가볍게 인사하며,
낡은 물레에 멋지게 바치는 것, 장미 한 송이.

그러나 졸음 겨운 연인은 외딴 양털을 잣고,
그 가녀린 그림자가 신비롭게 가닥을 지어
잠드는 긴 손가락 따라 실줄로 이어지네.

꿈이 천사의 게으름으로 풀려나오고,
순하고 고지식한 실꾸리에, 머리타래는,
그침 없이, 쓰다듬는 손길의 뜻대로 물결치고……

하많은 꽃들 뒤로 창공이 숨으니,
잎가지와 빛에 둘러싸여 실 잣는 여인아,
초록 하늘이 고스란히 죽는다. 마지막 나무가 불탄다.

성녀 하나 미소 짓고 나타나는 그 큰 장미, 네 자매姉妹가
그 무구한 숨결의 바람으로 네 빈 이마에 향을 뿌리니,
너는 그렇게 나른하구나…… 너는 꺼지는구나,

네가 털실을 잣던 십자창의 푸름에서.

푸른 하늘이 보이는 십자창 앞에서 물레 잣던 여인이 졸음에 빠져 실이 끊어진 줄도 모르고 물레를 돌린다. 그녀는 벌써 꿈의 실타래를 감는다. 몽롱한 꽃더미와 숲을 이루고 그녀는 그

잠의 숲에 빠져든다. 마지막 연에서, 실 잣는 여인의 자매가 되는 "큰 장미"는 꿈속의 장미인지 현실의 장미인지 모호하다. 꿈과 현실의 경계가 그렇게 무너진다. 그러나 잠든 여인을 둘러싼 현실계와 그 의식 속에 일렁이는 꿈의 세계는 얼마나 정교하고 명료하게 짜였는가. 꿈은 현실조차 일렁이게 하는 것처럼 보이지만, 어디까지나 그것은 건전한 현실 속에 잠시 일어나는 잔물결일 뿐이다. 현실을 지키면서도 현실을 시로 만드는 이 잔물결의 창안, 발레리의 지성주의적 시법이 거기 있다.

위 두 편의 시는 모두 1890년부터 1893년까지 쓴 시들을 모은 『옛날의 시첩』에 들어 있다. 그렇다면 20세기에 쓴 시는 어떨까. 『매혹』(1922)에 실린 두어 편의 시를 읽기로 한다. 먼저 「잃어버린 포도주」를 옮긴다. 이 시도 14행 소네트다.

> 나는, 어느 날, 망망한 바다에,
> (그러나 어느 하늘 아래였던가)
> 허무에 바치는 고수레인 양
> 귀중한 포도주를 아주 조금 뿌렸다……
>
> 누가 너의 손실을 원했는가, 오 술이여!
> 피를 생각하며, 포도주를 부으며,
> 나는 어쩌면 점쟁이의 말에 따랐던가?

어쩌면 내 마음의 열망에 따랐던가?

여느 때의 그 투명함을,
장밋빛 안개 한 번 피어난 후,
다름없이 순수하게 바다는 회복했고……

잃어버린 이 포도주, 취한 파도!
나는 쓰라린 대기 속에 가장 그윽한
형상들이 도약하는 것을 보았다……

시인은 대양에 "포도주를 아주 조금" 뿌렸다. 바다는 그것 때문에 알코올의 농도가 더 높아지지도 않을 것이며, 색깔에 변화가 있을 리도 없을 것이다. 포도주는 "허무" 속에 손실된 것이나 같다. 그에게 자신의 피를 잃은 것과 같은 이 손실은 타고난 운명("어쩌면 점쟁이의 말에 따랐던가?")에 의한 것일 수도 있고, 존재의 밑바닥에서 솟아오른 열망에 의한 것일 수도 있다. 순수한 손실일 뿐인 이 소용없는 행위는 시쓰기의 운명 또는 열망과 다른 것이 아니다. 바다는 예상했던 것처럼 포도주의 붉은빛이 풀려나간 뒤 삽시간에 다시 그 투명함을 회복하고 만다. 그래서 바다는 아무것도 변한 것이 없는가. 시인은 자신의 손실에 의해 바다가 도취하였음을 느낀다. 포도주는 사라진 것이면서 동시에 사라지지 않은 것이다. 포도주는 바다로 사라졌지만 또한 바닷속에 있다. 이 없음이면서 동시에 있음인 것의 도취로 바다는 취했으며, 아무 일도 일어나지 않은 "쓰라린 대기 속에" 가장 "그윽한 형상들이 도약하는 것"을 시인들은 본다. 시인에게도 바다에게도 있음과 없음의 경계를 체험하는 것보다 더 큰 사건은 없으며, 있음과 없음을 동시에 드러내는 형상들보다 더 비밀스러운 형상은 없다.

이 있음과 없음의 역설적 관계를 가장 명료하게, 어떤 점에서는 가장 난해하게, 드러낸 시는 아마도 「발걸음」일 것이다.

> 내 침묵의 아이들인 너의 발걸음들,
> 성스럽게 천천히 놓이며,
> 내 불면의 침대를 향해
> 말없이 냉정하게 전진하는구나.
>
> 순수 인칭, 거룩한 그림자,
> 너의 조심스러운 발걸음, 그들은 얼마나 사랑스러운가!
> 희한하기도 해라!…… 내가 예감하는 모든 선물이
> 이 벗은 발을 타고 내게 오는구나!
>
> 만일, 네가 그 입술을 내밀어,

내 숱한 생각의 주민을 진정시키려,

그를 위한 양식으로

한 번의 입맞춤을 준비한다 하더라도,

서둘지 마시라 그 사랑의 행위를,

있음과 있지 않음의 기쁨을,

나는 그대를 기다리며 살아왔고,

내 심장은 그대의 발걸음일 뿐이기에.

시인이 '너'라고 부르는 존재의 "발걸음"은 시인의 침묵으로부터, 다시 말해서 시인의 기다림과 명상에서 태어난다. 우리가 영감이라고 부르는 것이 아마도 그렇게 탄생할 것이다. "불면의 침대"는 물론 지성의 불꽃이 꺼지지 않고 불을 밝히는 정신의 상태를 말할 것이다. 다른 사람들에게서와 마찬가지로 발레리의 영감도 정신의 어떤 미묘한 지점으로부터 오는 것이 사실이겠지만, 그 지점은 결코 어둠의 지점이 아니며, 이성의 성찰이 중단된 자리가 아니다. 그 활동이 아무리 미묘할지라도 여전히 명철한 이성의 활동이다. 제2연에서 그 존재는 순수하고 거룩한 것으로 묘사된다. 그것이 순수한 것은 모든 물질적 조건에서 벗어났기 때문이며, 그것이 성스러운 것은 순수 관념의 산물이기 때문이다. 점점 가까이 다가오는 그 존재의 발걸음에는 시인이 기대하는 모든 관념이 실려 있다. 관념에는 물질의 특성인 분화가 없기 때문이다. 제3연에서 발걸음은 이제 시인과 접촉할 수 있는 거리까지 다가왔다. 그러나 시인은 이 연과 다음 연에 걸쳐서 말한다. 그 발걸음의 주인이 "내 생각의 주민", 곧 시인 자신에게 입을 맞출 준비를 하고 있다면, 그 행위를 다른 시간으로 미루라고. 동시에 시인은 '너'라고 부르던 대상을 '그대'라고 고쳐 불러, 자기와 그 대상 사이에 거리두기를 한다. 접촉의 중지와 거리두기는 발레리의 시적 정책 그 자체다. 접촉의 순간, 관념은 물질이 될 것이며, 그 순수성을 잃을 것이다. 아니, 거기서 끝나지 않는다. 현실이 될 수 없는 관념은 현실의 시인과 접촉하는 순간 그 존재 자체가 소멸할 것이다. 애인의 발걸음은 시인에게 점점 가까이 오지만 두 존재가 입을 맞출 수는 없다. 수학에서 y축에 끝없이 가까워지지만 y축에 닿지는 않는 어떤 그래프를 생각해야 할까. 시인은 끝없는 기다림으로만 그 발걸음을, 그 발걸음의 주인을, 제 애인을, 그 애인의 관념을 증명한다. 기다림이 끝나면 그 모든 것이 사라진다. 그의 생명의 박동 자체가 기다림이다.

발레리의 시에서 지성은 모든 것이다. 그에게서는 꿈도 환상도 지성의 다른 작용일 뿐이며, 어둠도 몽롱함도 빛의 연출일 뿐이다. 그에게 타자는 없다. 조금 너그럽거나 약간 방심하는, 사실은 방심하는 척하는 주체가 있을 뿐이다. 일인다역의 배우처럼, 주체의 지성은 주체와 타자의 역할을 동시에 하고, 빛과 어둠의 역할을 동시에 한다. 그 배역과 동작선은 이를 데 없이 섬세하다. 그 구도와 원근법은 나무랄 데 없이 잘 조직되어 있다. 그러나 지성은 우리를 감탄하게 하고 존경하게는 하지만 우리에게 감동을 주지는 않는다. 그의 스승 말라르메에게는 적어도 언어의 극한에서 만나게 되는 어떤 미지의 방사선과 그에 따른 신비로운 몽상이 있었다. 발레리에게서는 그 미지와 신비가 모두 연출된다.

이 연출된 시, 이 주지주의 시는 한국에서 저 끈질긴 교양주의 시의 형이상학이 되었다. 타자의 목소리가 없는 이 시, 그래서 설렘이 없는 시는 영검 없이 젯밥만 축내는 귀신과 같다.

(2015년 『문예중앙』 봄호)

전봉건의 「어느 토요일」

전봉건은 스물두 살이 되던 해인 1950년에 시단에 등단한 뒤 곧 한국동란이 발발하여 그 나쁜 전쟁의 전사가 되었다. 그가 시인으로 본격적인 활약을 시작한 것은 1953년부터다. 이 시기에 그는 젊은 나이로 서구의 시에 대해 상당한 지식을 지니고 있었으며, 그 힘으로 한국 모더니즘 시의 한 축을 이끌었다. 그가 창간한 잡지의 이름이 『현대시학』인 것은 우연도 겉치장도 아니다. 1953년에 썼을 것이 확실한 시 「어느 土曜日」은 길이가 고르지 않은 11개의 부분으로 나누어진, 비교적 긴 시로 그의 '현대성'뿐만 아니라 1950~60년대에 명멸했던 여러 '난해 시인들'의 성향과 시법을 짐작게 해준다. 기욤 아폴리네르의 「포도월」, 블레즈 상드라르의 「시베리아 횡단열차와 프랑스 소녀 잔느의 산문」, 김기림의 「기상도」 같은 '세계 편람의 현대시'를 생각나게 하는 「어느 土曜日」은 그 11개 부분마다 번호가 붙어 있다. 전후의 참상 속에서 '꾸세쥬 사제'가 비행기를 타고 한 시간여 동안 또다시 거대 전쟁을 준비하는 것만 같은 세계의 비극에 대한 명상을 '의식의 흐름' 기법으로 기술한 시이다. 그 1은 다음과 같다.

> 비둘기가 살고 있더라는 이야기가
> 피난민반장과 태평양을 건너 전쟁미망인
> H여사의 소나무 껍데기 같은 손
> 투하된 네이팜탄이 찬란하였던 지대
> 한 기슭 가까이 섰던 소나무 껍데기 같은
> 그런 손바닥에 와 닿는 구호물자 나일론양말처럼
> 거리에 부드러웠다.[1)]

일곱 줄이 단 하나의 문장이다. 문맥이 복잡하지만 통사법에 어긋나지는 않는다. 산문으로 정리하면 이런 말이 된다. '비둘기가 살고 있더라는 소식은 거리에 부드러운 느낌을 주는데, 그것은 마치 구호물자인 나일론 양말이 피난민 반장과 함께 태평양을 건너서 전쟁미망인 H여사의 소나무 껍데기 같은 손, 다시

1) 이 글에서 전봉건의 시는 1983년 고려원에서 출간된 선시집 『새들에게』에서 인용한다. 한자를 한글로 바꾸고 띄어쓰기를 일부 조정했을 뿐, 외래어 표기는 그대로 두었다.

말해서 네이팜탄이 작열하였던 지대의 언저리에 서 있던 소나무 껍데기 같은 손에 와 닿는 느낌과 같다.' 비둘기는 나일론 양말과 같고, 여자의 손바닥은 거리와 같다. 문맥이 복잡해진 이유는 비유 또는 비교가 여기서 끝나지 않았기 때문이다. 여자의 손바닥은 폭격 맞은 산야의 소나무 껍데기와 같이 거칠다. 중문이 또하나의 어절을 안고 있는 중중문의 문장이다. 주절은 '비둘기의 소식이 거리에 부드러웠다'는 간편한 문장인데, 이 문장의 주부와 술부가 다섯 행에 걸치는 비교 관형절을 앞뒤로 감싸고 있으며, 그 관형절의 한가운데 '네이팜탄'이 있다. 그래서 문장은 이렇게 상형된다.

[(네이팜탄)]

'네이팜탄'과 가장 가까운 자리에 '소나무'가, '소나무' 가까이에 '손바닥'이 있다. '네이팜탄'에서 가장 먼 자리에 '비둘기'와 '거리'가 있다. 시가 전하려는 메시지는 비교 관형절에 들어있으며, 그 핵심은 '네이팜탄'이다. 시인은 이렇게 문장의 구성법 그 자체로 전후의 폐허가 된 거리와 그 가난을 그려낸다. 그러나 시인이 야심을 담아 조직한 이 문장은 당시의 독자들에게 쉽게 이해되지 않았을 것이다.

이어지는 2의 첫대목은 다음과 같다.

4월과

커튼이 드리워져 있지 않은 창과

그리고 파아란 창유리를 닦는 손과

또 그리고 뭔가 그와 비슷한 것들을 생각하며

꾸세쥬 사제는 비행장으로 갔다.

부엉이 눈알 같은 두터운 철형凸形의 안경을

몇 번이나 미끄러운 콧등에 다시 얹어 놓으면서,

문맥은 단순하지만 여러 개의 문화적 코드가 착종되어 이해가 쉽지 않다. "4월"은 엘리엇의 시 「황무지」의 첫 행 "4월은 가장 참혹한 달"과 연결될 것 같다. 같은 시기에 쓴 다른 시에서도 엘리엇과 「황무지」와 "4월"이 언급되기 때문이다. "커튼이 드리워져 있지 않은 창"은 보들레르의 산문시 「창문들」의 첫 문장 "열린 창문을 통하여 밖에서 바라보는 사람은 결코 닫힌 창문을 바라보는 사람만큼 많은 것을 보지 못한다"와 연결될 것 같다. 이는 나중에 이야기할 시의 마지막 부 '11'로 짐작할 수 있다. "꾸세쥬 사제"는 몽테뉴의 질문 'Que sais-je?(내가 아는 것이 무엇인가?)'를 늘 마음에 새기고 있는 회의주의 지식인 사제를 말하겠지만, 한국어 '구세주'를 '꾸세쥬'로 발음하는 외국인 사제일 수도 있다. 이 두 사제를 겹쳐놓으면 그는 구세주의 존재 자체에 의심을 품는 사제가 된다. 그리고 이 회의주의는 인간이 인간을 무참히 학살한 전쟁의 참상과 당연히 연결된다. 전쟁은 시와 종교와 지성을 모두 배반했다.

3의 전반부는 다음과 같다.

> 오르빼우스와 무사이오스가
> 열매와 새소리의 번영에 에워싸여
> 뮤즈를 찬미하며 음유하였던 고장.
>
> 빠르나소스 또 헤리콘산록으로부터
> 테스사리아의 동북부를 거쳐
> 다시 옮아간 다도해의 밝은 북안.
> 햇살이 알지에보다는 엷은 모래밭에서 주운
> 자동기관총 한 자루,
> 지중해의 모래알이 들어붙은 그 총구로
> 고고학자 에비앙박사 왼쪽 가슴을 겨눈 채
> 〈파파 손 들어요 네!〉
> 보오떼양은 웃었다.

뒤이어지는 시구는 약혼한 사이인 고고학자 에비앙 박사와 보오떼양의 성애를 "탐험"이라는 낱말로 암시한다. 오르페우스와 무사이오스는 모두 고대 그리스의 시인이다. 그들은 시신 뮤즈를 찬미하여 노래했다. "빠르나소스 또 헤리콘산록"은 뮤즈들이 살던 곳이다. 시의 발상지인 그곳에서 지금 발견되는 것은 전쟁의 유물인 "자동기관총 한 자루"다. 고고학자가 발굴해야 할 옛 자취는 자동기관총 앞에서 무색하다. 프랑스의 생수 이름을 제 이름으로 삼은 고고학자 에비앙 박사는 그 자동기관총의 위협에 (비록 장난이지만) 두 손을 들어야 한다. 발굴해야 할 유물이 없는 곳에서 고고학자의 "탐험"은 여체에 대한 탐험으로 변질된다. 젊은 시인은 전쟁의 참상 속에서 인문 시대의 완전한 종말을 보았다고 믿는 것이다. 그런데 고고학자의 애인인 여자까지도 "보오떼"라는 이름을 지니고 있다. "보오떼"로 표기된 프랑스어 beauté는 '미'와 '미녀'의 뜻을 동시에 지닌다. 고전주의의 아름다움은 한 미녀의 육체로 덧없는 파편이 되어 남아 있을 뿐이라고 시인은 말하고 싶어하는 것이리라.

(덧붙여둬야 할 이야기가 있다. 이 시가 발표된 지 7년 후에 〈일요일은 참으세요Never on Sunday〉라는 그리스 영화가 출시되었다. 줄스 다신이 감독한 이 영화에서 감독은 미국의 고고학자인 호머 트레이스 역을 맡았으며, 그 상대역으로 멜리나 메르쿠리가 일리아라는 뇌쇄적인 창녀 역을 맡았다. 이 또한 고고학자와 미녀의 결합이다. 고고학자는 창녀를 교화하여 진지한 여자로 만들려 하지만, 이런 영화가 흔히 그렇듯 제 삶의 태도를 바꾸게 되는 것은 오히려

고고학자다. 그는 일리아를 통해 삶의 명랑한 활력을 이해하게 된다. 시에서 고전의 세계가 현실의 폭력에 굴복하였다면, 영화에서는 고전의 진지함이 현실 생명의 활력을 끌어안고 다른 것으로 발전한다.)

시의 4는 단 하나의 명사문이다. "3시 5분 경과." 이런 기법은 보들레르가 『악의 꽃』을 마치는 시 「여행」에서 사용했던 것이 아마 처음일 것이다. 여덟 개 부로 구성된 이 시에서 보들레르는 I에서 IV에 이르기까지 "놀라운 여행자들"이 여행중에 본 것을 숨가쁘게 열거한 다음, V에는 그 여행담을 듣는 사람의 재촉하는 한마디 말만 적는다. "그리고, 그리고 또?" 시의 한중간에 들어간 이 한마디 말로 시의 어조는 완벽하게 바뀐다. 전봉건은 이 기법을 차용해옴으로써 모더니즘의 아들임을 다시 한 번 선언할 수 있었을 것이다. (시인은 이 기법을 두 번 더 사용한다. 7에서, 그리고 10에서.)

이어지는 5는 조금 복잡하다. 꾸세쥬 사제가 목격한 것들과 들은 것들의 서술 위에 문명 비판이 펼쳐지고 있기 때문이다. 첫머리,

> 항공기는 아쁘레엉레브주洲 상공에서 거대한 송이버섯형의
> 구름을 피하여 루우벤스의 엉덩이 같은 커다란 곡선을 그려야
> 했다.

"아쁘레엉레브" 곧 'Après un rêve'는 가브리엘 포레의 기악곡인데, 그것이 어떻게 대륙의 이름으로 차용되었는지는 모르겠다. 아무튼 그 근처에서는 핵폭발의 버섯구름이 피어오른다. 그 자신이 상이군인이었던 시인은 이 버섯구름을 보며 인류가 인류를 배반했다고 정당하게 생각한다. 몇 줄 건너뛰어서,

어지러움을 털어내고
구역질을 씻어내기 위하여
꾸세쥬사제는 다른 거대한 송이버섯형의
구름을 생각해내기로 한다.
그러나 아무리 생각해도 생각나는 그것은
송이버섯형 아닌 딴 형
무슨 꽃…… 그렇다. 무슨 탐스런 꽃형이다.

다시 몇 줄 건너뛰어서,

문득 꾸세쥬사제는 오랜 친구 노여교사 누왈양이 주일학교에서 했다던 한 강의내용을 떠올린다. 〈여러분 송이버섯에는 비타민 C가 많이 들어 있다는 사실을 아시나요. 비타민 C는 인간의 신진대사를 촉진시키고 혈액순환을 활발케 한답니다. 그

리고 그 맛은 유달리 향기로와 오래 잊을 수가 없답니다.〉 여기 에서 누왈양의 강의는 중단되었다. 기내방송이었다.

삶의 송이버섯과 죽음의 송이버섯을 대비시키는 늙은 수녀의 이름이 '누왈Noire', 곧 '흑색'이어야 할 이유 역시 시의 말미에서 밝혀진다. 꾸세쥬 사제의 머리에서 누왈 수녀의 강의를 일소해버리는 기내방송의 내용은 비행기가 피해가야 하는 버섯구름의 비밀에 관한 것이다. 기내방송은 그것이 핵구름임을 알릴 뿐만 아니라 "히로시마와 나가사끼의 버섯구름은 소꿉장난일 수밖에 없는" 저간의 사정을 함께 전한다. 시인이 이 시를 쓸 때 한국전쟁은 완전히 종결되지 않은 상태였다. 그러나 열강은 하나의 전쟁이 다 끝나기도 전에 거대 살상무기의 경쟁을 벌이고 있다.

시인의 서구문학에 대한 깊고 넓은 교양을 드러내는 6, 7, 8을 건너뛰고, 9의 전문을 적는다. 꾸세쥬 사제는 벌써 지상에 내려와 있다.

> 꾸세쥬사제가 오늘과 일요일인 내일과 비둘기와 기도를 한꺼번에 생각하면서 안경이 미끄러지는 콧등을 약간 추켜든
>
> 십자로를
>
> 정신과병원 3층 13호실에서

물끄러미 내려다보던 라떼할머니는
공장마다 높다란 잿빛 담벽에
비둘기의 그림이 붙어 있더라는 어느 고장의 기사가
크게 실린 화보잡지를 덮더니
먼 38도선상에서 전사한 아들
사랑하는 루씨엘의 일기책을 펼쳐든다.
다시 마지막 장을 찾는다.
그 끝장은 한국산 먹을 갈아서 칠한 짙은 먹장이다.

아들을 한국전쟁에서 잃은 '라떼 할머니'는 프랑스인일 것이다. '라뗄'은 La Terre, 곧 '대지'라는 프랑스어이기 때문이다. 전사한 그의 아들은 '루씨엘', 곧 '하늘'이란 뜻의 Le Ciel이다. 어머니는 하늘로 올라가려 하나 13층에 머물기에 '대지'이며, 아들은 땅으로 내려가려 하나 쓰다 중단한 일기장만 땅에 남겼으니 '하늘'이다. 그들에게 평화의 상징이라는 '비둘기'가 무슨 소용이 있겠는가. 1에서 "비둘기가 살고 있더라"는 풍문의 비둘기는 9에서 꾸세쥬 사제의 상상 속 비둘기가 되고, 공장의 굴뚝에 그려진 기호의 비둘기가 된다. 그래서 일기의 끝은 먹장이다. 한국의 가장 짙은 먹으로 칠해질 수밖에 없는 절망이며 혼돈이다. 그래서 10은 "암흑"이라는 단 두 글자로 채워진다. 암흑 중에서도 "한국산" 암흑에 대한 서술이자 이 시의 결론일 11은 1, 9와 마찬가지로 전문을 적어두는 게 좋겠다.

나는 본다.
깜깜한 먹장 어둠 속에
살아서 움직이는 것은 가끔 줄지어 내닫는
초속 GMC의 헤드라이트.
그 광망光網 속에 떠오르는 것은
엄청난 붕괴의 연속 집적.

나는 눈을 감는다.
먹장 어둠 속에서 다시 한번 먹장 어둠의 문을 열고
더욱 짙은 먹장 어둠 속으로 들어서는 것이다.
그 완전 먹장 어둠 속에서는
어떠한 생각이든 작렬하는 네이팜탄처럼
찬란하다.

나는 생각한다.
나는 물론이고 누구의 기억에도 없는
지도를, 그리고 거기 살아서 날개치는
비둘기를.

어둠 속에서도 가장 짙은 어둠은 한국에 있으며, 시인은 그 어둠에 자신이 둘러싸여 있다고 생각할 것이다. 어둠 속에서 그의 눈에 겨우 뜨이는 것은 외제 자동차의 헤드라이트 불빛이다. "광망光網"은 사전에도 없는 단어이지만 '빛으로 짠 그물'이란 뜻 외에 다른 뜻을 가질 수 없다. 어둠 속에 난 빛의 구멍이지만, 또한 빛 속에 난 어둠의 구멍이기도 하다. 빛이 켜졌다 사라진 자리에는 어둠이 한꺼번에 몰려들고, 그것이 연속된 어떤 붕괴의 이미지를 만든다. 어둠 속에 조각난 빛은 빛의 모욕일 뿐이다.

시인은 이 어둠 속에서 한 번 눈을 감기로 결심한다. "완전 먹장 어둠 속"으로 들어서기 위해서다. 거기서는 생각이 하나하나의 "작렬하는 네이팜탄처럼 찬란하다". 지성의 빛을 지워버리는 어둠 속에서 얻어낸 생각은 그 자체가 하나의 전리품과 같기 때문이다. 이 완전한 어둠 속으로의 진입은 앞에서 잠시 언급한 오르페우스의 모험과 다른 것이 아니다. 오르페우스는 에우리디케를 어둠 속에서 구했고 빛을 보면서 잃었다. 이성의 빛으로 감당하지 못할 것을 시는 감당한다. 시인은 아무도 밟은 적 없는, 지도에 없는 땅을 밟으려 할 때만 "살아서 날개치는 비둘기"를 만날 수 있을 것이다. 사실 이런 시인의 결론은 우리 시대에는 이미 진부한 것이 되었지만, 아직 초현실주의 그룹이 살아 있었던 그의 시대에는 여전히 독창적이고 참신한 생각이었을 것이다.

전봉건의 외래어에 관해서, 특히 이 시의 외래어에 관해서도 말해야 할 것이다. 그에게서는 외래어들이 어떤 의미를 지닌 낱말이길 넘어서서 시와 산문을 구분하는 표지가 된다고 말해도 어쩌면 무방할 것이다. 특히 이 시의 경우에 외래어는 곧 이국정서라는 말로는 부족하다. 그것은 정서 그 자체다. 환경 전환이라는 말은 맞지 않다. 전봉건에게서 외래어는 하나의 환경에서 다른 환경으로 갑작스럽게 정신과 감각을 옮겨놓기보다는 정신과 감각이 처음부터 거기 있었던 것처럼 시치미를 뗀다. 다른 환경에 빠져 있는 정신이 오히려 거기에 갇혀 밖으로 나오지 못한다고 말하는 편이 더 옳다. 그러나 거기서 빠져나오면 기다리는 것은 늪이다. 시인은 가능한 한 이 늪을 피하려 한다. 「어느 土曜日」에서 외래어 낯선 구문들은 말할 필요도 없이 절망에 빠져 주눅든 말들에 날과 모서리를 세워주는 방법이었다. 그는 외래어와 낯선 구문으로 가라앉으려는 모국어에 채찍질을 하며 상처를 내고 있었다. 나중에 『춘향연가』 같은 장시를 쓰면서 시인은 자신이 상처 입힌 모국어에 보약을 마시게 한다고 생각했을지도 모른다.

월간 『현대시학』은 금년에 '전봉건문학상'을 제정하고 제1회 수상자로 김행숙 시인을 뽑았다. 김행숙 시인의 시에는 의외의 외래어도, 매맞는 낱말도, 비틀린 통사법도 없다. 그러면서 모든 낱말들이, 모든 구절들이 날이 서 있다. 전봉건의 모험이 반세기 후에 후배 시인들의 목소리와 손을 빌려 이렇게 안착했다고 말해야 한다. 시의 역사에서 한 사이클이 완성된 것이다.

(2015년 『문예중앙』 겨울호)

아름다운 문학청년 최하림

젊은 날의 최하림 시인을 말한다는 것은 내 문학소년 시절의 추억을 말하는 것과 같다. 내가 고등학생이던 1960년대 초엽 최 시인은 서라벌예대 문창과 학생이었지만 목포에서는 문인 대접을 받고 있었다. 아마도 그가 벌인 여러 가지 문화 활동 때문이었을 것이다. 아마도 1963년이었을 텐데, 최 시인은 김현, 김지하 등과 함께 고향에 내려와 고등학생들을 동원하여 베케트의 〈고도를 기다리며〉를 상연하였다. 나는 그 공연에 이상한 감동을 받았으며, 그 이야기를 다른 지면에 쓴 적이 있다. 그 무렵에 또 최 시인은 '목포 전위문학의 밤'을 개최하여 문학 지망 고교생들을 어떤 강당에 모이게 했다. 물론 나도 참석했다. 최 시인은 무슨 기계음악이라고 칭하는 전위음악을 들려주었으며, 이어서 몸소 '상징주의란 무엇인가'라는 제목의 강의를 했다. 아마도 송욱의 『시학평전』에 크게 의지했을 그 강의에서 내가 알아들은 것은 보들레르와 말라르메라는 이름뿐이었다. 당연히 기억에 남은 구절도 없다. (나는 최근에 시민행성에서 '상징주의 시인들'을 강의하면서 최 시인이 그때 무슨 말을 했을까를 생각하니 이상한 그리움이 밀려왔다.)

당시 최 시인은 목포문학제의 백일장에서 시 부문 심사위원도 맡았었다. 나는 매번 백일장에 참석했지만 입선에도 들지 못했다. 아니 한 번 입선을 했다. 내가 참석한 마지막 백일장에서 심사가 끝나고 당선자 발표를 할 때 나는 끝내 호명되지 않았는데, 잠시 후에 우리 학교의 국어교사이자 문예반 지도교사였던 권일송 시인이 본부석에서 최 시인을 앞에 세워놓고 책상을 두드리며 호통을 치고 있었다. 당선자 발표가 정정되었다. 입선자들 속에 내 이름이 들어 있었다. 백일장으로 처음이자 마지막 상장을 받았다. 그 문안이 대강 이러했다. "삼학도 저멀리 산타마리아호의 선부들처럼 무적을 울리며 새로운 땅을 개척하는 것이 목포문학의 정신이다. 위 사람은 목포문학제 백일장에서 이 정신을 잘 살렸으므로 이 상장을 수여한다." 나는 이 문안이 최 시인의 머리에서 나왔을 것이라고 지금도 믿고 있다. 고등학교를 졸업하기 전 나는 최 시인이 어느 신문의 신춘문예에 당선되었다는 소식을 들었다. 지난 1960년대 초 목포에서 최하림 시인은 문자 그대로 아름다운 문학청년이었다.

최하림 시인을 다시 만난 건 아주 오래 후, 1995년 4월 김현

문학비제막식에 참석하기 위해 목포에 내려갔을 때였다. 최하림 시인이 호텔 입구에서 '서울 손님들'을 맞이하고 있었다. 내가 최 시인의 이름을 부르며 고개 숙여 인사했으나 최 시인은 나를 알아보지 못하는 것 같았다. 그래서 내가 이름을 댔더니, 깜짝 놀라 내 손을 잡으며 대뜸 "내 다음 시집 해설 좀 써줘"라고 말했다. 그 시집이 『굴참나무 숲에서 아이들이 온다』(문학과지성사, 1998)이다.

최하림 시인은 '산문시대'의 동인으로 활약하던 1960년대 초부터 세상을 떠나게 된 2010년대 초까지 문학의 현장과 역사가 가볍게 여길 수 없는 시들을 쓰고 발표했지만, 그 성과만큼 주목을 받지는 못했다. 그의 두번째 시집 『작은 마을에서』(문학과지성사, 1982)의 해설에서 김치수 선생은 이 시인이 우리의 시단을 주도해왔던 두 경향의 어느 쪽에도 치우치지 않으면서 "순수와 참여의 분리를 극복하려는 의지"를 '시의 완성'이라는 목표에 연결시키려 했던 데에 그 원인이 있다고 말한다. 다른 말로 하자면 최하림은 우리 시대의 다난한 역사의 현장을 크게 벗어난 적이 없지만, 논의의 중심에 들어가는 방식이 아니라 시의 중심에 들어가는 방식으로 그 자리에 서 있었다고 할 만하다. 어느 시집에서였던가, 「죽은 자들이여, 너희는 어디 있는가」라고 제목으로 묻던 시를 기억하는 사람들은 시인이 그해 5월에 죽은 자들에게 바치는 꽃을 바라보며, 자신의 피부에서 창자에 이르기까지, 발끝에서 정수리에 이르기까지, 그 죽은 자들의 죽음을 자기 몸안에 안고 있다고 말하던 그 대답도 또한 기억할 것이다. 역사가 제 길을 잃었기 때문에 죽음과 삶이 겹칠 수밖에 없는 그 비원悲願의 자리는 그가 내내 이루려고 애써왔던 시의 자리이기도 했다. 원願이 한 번 강렬하기는 쉬워도 두고두고 몽매에도 지속되기는 어렵다. 어떤 무한하고 절대적인 기억력만이 그 일을 감당할 수 있다. 삼라만상이 그 기억력 자체로 되게 하는 일, 내가 죽음을 안고 있었던 것처럼 보고 만지는 것 모두가 나의 기억을 무한하게 펼쳐 안고 있게 하는 일, 그 일은 오직 시가 감당할 수 있다. 시가 모든 말에서 그 조건반사의 습관을 지우고 그 순결한 울림만을 남겨놓을 때, 개인적이건 역사적이건 완성되거나 완수될 수 없었던 것들의 온갖 한은 제 응어리에서 풀려나와 일체 존재의 단일원소가 된다. 이런 생각을 하다보면 최하림 시인이 그후에도 오랫동안 아름다운 문학청년이었음을 새삼 확인하게 된다.

김치수 선생의 분석을 염두에 두고 초기의 시집들을 더듬다보면 유신시대 한복판에서 발간된 『우리들을 위하여』(창작과비평사, 1976)에서 시 「겨울의 사랑」이 눈에 들어온다. 유신시대의 압제 아래서, 모욕받고 착취당하는 사람들의 원한과, 건강하고 밝은 세계를 향한 그들의 깊은 유대감을 노래한 시이다. 후반부의 한 대목을 적는다.

아아 짓밟힌 풀포기 밑에서도 일어나는 바람의 시인이여
어쩌다 우리는 괴로운 무리로 이 땅에 태어나게 되었나
어쩌다 또다시 칼날 앞에 머리를 내밀고
벌거벗은 여인이 사랑을 말하려고 할 때
잠자리에 들려고 할 때
사랑이 그들의 머리칼을 장대같이 꼿꼿하게 하고
불더미 속에서도 영생으로 단련하는 것같이
단단하고 매몰차게 세상을 살아야 한단 말인가

여기서 "바람"은 소망의 다른 말이기도 하지만, 무엇보다도 불합리한 현실을 거역하고 다른 세계, 다른 삶을 기획하고 미리 내다보는 예언적·시적 정신이기도 할 것이다. 이 바람은 먼저 우리가 얼마나 불행한 처지에 있는가를 알린다. 불행한 자는 더욱 불행해질 것이며 압제가 쉽게 끝나지 않을 것을 알린다. 어둠은 또다른 어둠을 물고 온다. 그러나, 시인의 "바람"은 "짓밟힌 풀포기 밑에서도 일어"난다. 다시 말해서, 어떤 모욕과 고통 아래서도 시는 존엄하고 아름다운 것에 대한 기억을 지니고 있으며, 미래의 건강한 삶을 위해 그 기억을 투사한다. 마찬가지로 고난받는 사람들은 그들이 이룰 수 없었던 소망과 거기서 비롯하는 원한을 통해 삶의 가치를 가장 깊이 느끼며, "단단하고 매몰차게 세상을 살아"간다. 골수 깊은 원한은 다른 삶에 대한 열망으로 이어지기에, 미래에 대한 믿음, 미래를 위해 싸우는 사람들 상호 간의 믿음이 또한 거기서 비롯한다. 시인은 그것을 시의 끝에서 "사랑"이라고 부른다. 이 사랑은 가장 열악한 조건 속에서 전리품처럼 획득된 것이기에 그만큼 단단한 것이다. 절망을 희망으로 바꾸어 바라보게 하는 이 드높아진 감정의 상태가 곧 시인의 "바람"이며, 그것은 불행 속의 "견고한 사랑"을 늘 예감하게 한다. 시대가 시대였던 만큼 생각은 어느 정도 도식적이지만, 선율이 힘차고 말이 순결해서 시인의 진정을 알린다.

시대가 조금 좋아진 다음에 나온 『속이 보이는 심연으로』(문학과지성사, 1991)는 그 제목에서 최 시인이 젊은 날에 말하던 '상징주의'를 느끼게 한다. 거기에 「光木道路」라는 시가 들어 있다. 광주에서 목포로 이어지는 도로, 그것이 '광목도로'이다. 시인이 고향을 떠났던 길목이며, 고향을 찾아가는 길목이다. 고향에서 타지로, 또는 타지에서 고향으로 드나드는 이 길목은 또한 젊은 날 시인의 순결했던 꿈과 세파 속에 함몰된 일상을 연결해주는 고리이다. 시인은 그 길목을 더듬는 어두운 저녁에 몽롱하게 떠오르는 옛 기억들을 만난다. 그 기억들이 어렴풋하기만 해서 시인은 안타깝지만, 또 그만큼 편안하기도 하다. 그는 세상을 살아가고 세상에 물들면서 스스로가 그 순결한 젊은 날을 배반했다고 여기고 있기 때문이다. 아니, 그것뿐이 아니다. 기억에 무한한 깊이를 주기도 하는 이 어둠은 벌써 그의 방황하던 젊은 시절을 닮고 있다. 「광목도로」는 최 시인의 시 중에서 같은 고향 사람인 내가 가장 좋아하는 시이다. 전문을 적는다.

어둠과 함께 온 기억들에 싸여 나는
나를 밝혀주지 못하는 불빛을 본다
빛이 멀면 편안하다 죄가 많은
우리는 죄들이 두렵고 어둠이 내려서
아름다우니 어둠에 몸 섞는다
이런 밤 새들은 얼마나 조심스레
그들의 하늘을 날았던지
내 영혼은 어디를 방황했던지
검은 유리 같은 공기 속에서 길들은
보이지 않게 밤으로 이동하고
새로운 추억이 짐짝처럼 마른 나무 밑에 쌓인다
시간이 별다를 것 없는 모습으로 흘러간다
시간을 따라서 광목도로 어디쯤 걸음을 멈추고 쉴 곳이 있을 것이다
잠시 유숙할 집이 있을 것이다
우리에게 범한 죄를 우리가 사할 때가 있을 것이다
한 사람에게만은 사랑이었고 배반이었던 여자도 어디쯤 있

을 것이다

그러나 세상은 결국 너를 버리고 달려간다

그래서 세상은 고통스럽고 일어서는 자는 숨을 수 없어서 불행하다

내 가슴은 사직처럼 무너져 내린다

예감을 노래해서는 안 된다

나는 밤으로 간다 잘 있거라

한 번도 힘껏 꽃잎 피지 못하고

한 번도 힘껏 돌아보지 못한

가여운 말들아 내 딸들아

"이런 밤 새들"이 조심스럽게 날았다는 것은 젊은 날 시인이 그 열망을 헛되이 낭비하지 않으려 했다는 말이 되겠다. 그의 영혼이 방황했던 것도 아마 그 때문이었을 것이다. 어떤 현실을 선택해도 그 현실은 젊은 열망을 온전히 수용해주지 못했기에. 어둠 속의 추억도 그가 방황하던 모습 그대로—"보이게 않게 밤으로 이동"하며—풀려나온다. "우리에게 범한 죄를 우리가 사할 때가 있을 것이다"—시인에게 여전히 남아 있는 순결했던 날의 기억이 이 죄진 삶을 새롭게 바꾸어줄 수 있을 것이다. 그런데 이 말끝에 시인은 옛날 그를 버렸던 한 여자를 이야기한다. 따지고 보면, 그 여자가 시인의 진실을 배반했던 것이나 시

인이 자신의 범용한 삶으로 젊은 날의 순결을 더럽혔던 것이나, 결코 다를 것이 없다. 추억이 그것들을 용서해야 할 것이다. 그러나, 이 순결이 다시 유지되리라고 무엇이 장담하겠는가. 시인이 고향을 떠나며 그 순결을 버렸듯이, 그가 살아야 할 세상은 기억과 한번 만나는 이 특별한 순간에서 또다시 그를 멀어지게 할 것이다. "예감을 노래해서는 안 된다"—미래에 지나친 기대를 걸어서는 안 된다. 시인은 젊은 날의 모든 열망과 그 기억에 작별을 고한다. 시인에게, 우리에게 잃어버린 낙원만이 진정한 낙원이다. 최하림 시인이 시를 쓸 때, 그보다 여섯 살이 적은 나는 쉰을 앞에 두고 있었다. 나는 소년이 아니었고, 그는 청년이 아니었다.

같은 시집에 「아들에게」라는 시가 있다. 시인은 아들에게 시간이 우리를 기다려주는 것은 아니라는 낡은 격언을 들려주고 있는 것처럼 보인다. "아무 생각 없이", 그래서 고통을 주고 "지나가버린 시간들"을 잡으려 해도 아무 소용이 없다고. 그러나 이 교훈의 뒤에는, 벌써 무디어져버린 자신의 감각 대신, 아들의 여린, 그래서 섬세하고 예민한, 감수성으로 그 "지나가버린 시간들"을 살려는 욕망이 있다. 내가 살아간 길을 이제 아들이 살아간다. 아니 아들이 걸어갈 시간을 시인도 함께 걸어간다. 아니 시인은 제가 살아왔던 길과 시간을 아들이 되어 다시 살아간다. 아들의 감정으로 실연의 아픔을 겪고, 아들의 몸으로 가난했던 날의 의상을 입고, 아들의 다리로 그 수심 많았던 산책길을 걷는다. 아니 아들은 그 길을 다시 걸어야 하고, 그 풍경들을 다시 "보아야 한다".

아들은 그 시간을 더 행복하게 살 것인가. 아마 그럴 것이다.

세상이란 좋은 것이다
서로 잘 어깨동무하고
서로 잘 조화를 이루며 산다.

그러나 아들에게도 못 이룬 열망은 남아 "창을 올려다보며 그리워하기도 한다". 그리고 그 자리에 "모든 사랑이 딱딱한 사물로 변해"가는 시인이 남는다. 아버지의 지난 시간 속으로 한 번 동행했던 아들은 이제 제 삶의 시간 속으로 떠난다. 그렇게 아버지도 제 시간 속으로 간다. 실패와 성공을 넘어서는, 행복과 불행이 그 의미를 잃는, 핏줄도 함께할 수 없는 또하나의 깊은 시간이다. 그러나 아버지와 아들이 진정으로 만나는 것은 이 고독한, 그래서 사랑을 말하게 되는, 이 시간 속에서일 것이다.

「죽은 자들이여, 너희는 어디 있는가」도 역시 같은 시집에 있다. 시인이 불러 묻는 이 죽은 자들은 말할 것도 없이 오일팔 민주항쟁의 희생자들이며, "보이지 않는 도시"는 물론 광주이다. 그 도시에서, 살아남은 자인 시인은 자신이 그 죽은 자들의 감시를 받고 있다고 생각한다. 한 도시를 구성하는 모든 풍경이 그를 지켜보고 있으며, 그 피어린 날들의 사건들이 그의 마음속 깊은 곳까지 들여다보고 있다. 바꾸어 말하자면, 시인은 광주의 어느 골목, 어느 풍물 앞에서건 그날의 비극을 떠올려야 하고, 자신이 지금 무엇을 하고 있는가를 반성해야 한다. 시인은 죽은 자에게 바치는 꽃을 바라보며, 자신의 몸안에서, 피부에서 창자에 이르기까지, 발끝에서 정수리에 이르기까지 그 죽음이 반복되는 것을 느낀다. 죽은 자는 시인 안에 있다. 죽은 자는 죽은 자들의 세계에서, 산 자들은 이 세계에서, 서로 나뉘어 사는 것이 옳을 것이다. 산 자가 죽은 자 속에, 죽은 자가 산 자 속에 겹쳐 있는 것은 분명 역사가 제 길을 가지 않았기 때문이다. 역사가 못 이룬 비원은 죽음이 삶을 간섭하는 그 장소가 된다. 최하림을 내내 문학청년으로 남게 하는 것도 젊은 날의 열망과 상처를 되새기게 하는 이 간섭이다.

이 간섭이 사라지기 전까지는 세상이 평온하지 않으며, 풍경이 평온하지 않다. 한 사람이 자연을 평온한 마음으로 바라볼 수 있기까지는 얼마나 많은 시간과 노력이 필요할까. 시인의 시집 『풍경 뒤의 풍경』(문학과지성사, 2001)이 발간되었을 때 내가 이런 질문을 맨 먼저 떠올리게 된 것도 아마도 이 때문이었을 것이다. "풍경 뒤의 풍경"이라는 말은 이 감각세계 너머에 다른 세계가 있다는 시의 오래된 믿음에 우선 터를 둔다. 이 세계는 저 세계를 드러내면서 감춘다. 감춤은 길고 드러냄은 짧다. 그런데 시인은 그 감추어진 세계가 무엇이며, 어떤 형식이기를 바랄까. 그것은 늘 같은 것은 아니다. 아주 젊었을 때 그것은 그의 미래이며, 그 미래에 거는 희망이다. 풍경이 매우 날카로울 때 그는 자기 가슴속의 예기가 꺾이는 경험을 하며, 저 세계는 회한이 되고 자의식이 된다. 심정이 특별한 계기를 얻으면 그것은 오랜 기억이 된다. 기억과의 화해가 가능할 때는 드러냄과 감춤 사이에서 어떤 지혜를 얻는다. 운이 좋으면 때로 이 풍경과 저 세계가 한데 겹친다.

최하림은 이미 다섯 권 이상의 시집을 내면서 풍경의 이 모든 변천을 차례차례 경험하였겠지만 여전히 풍경 앞에 서 있다. 말로 저 세계에 대한 감각을 조작하려는 성급함에서는 오래전에 벗어났다. 오히려 감각을 풍경에 내맡기는데, 그렇게 해서 도처에서 소리를 듣는다. 들에서는 풀벌레 울음소리가 들리고, 추수가 끝난 논 위로 까마귀가 "후드득"거린다. 「빈집」에서는 "밤이 숨 쉬는 소리만이 눈발처럼 크게" 울리고, 「다시 빈집」에서는 어떤 파동이 "모습을 드러내는 일 없이 아침에서 저녁까지/빈 하늘을 회오리처럼 울린다". 이 소리들은 풍경들의 운동과 변화이며, 그 "뒤의 풍경"과 맺는 관계이다. 시인이 이 소리들을 느낄 때 그는 동시에 시간의 흐름을 느낀다. 「의자」의 한 대목이 말하듯 소리들은 곧 시간이다.

밤새 마당엔 눈이 내려
마당과 머위나무는 눈에
덮이고 마당과 머위나무는 지금
눈 속에 하얀 빛과 소리로
있다 하얀 시간으로 있다

풍경은 이 소리와 시간을 타고 그 뒤의 풍경을 향해 흐른다. 그래서 시인은 이 풍경의 높고 낮은 소리들이 다른 풍경의 느린 폭발임을 안다. 그러나 시간과 그 기미를 느끼는 시인은 어디까지나 풍경의 이쪽에 서 있다. 이 시집의 해설에서 최현식이 매우 적절하게 지적했듯이, 시인은 저 세계에 행복하게 잠입하기는커녕 이 풍경의 소란 앞에서 내내 불안하다. 이 불안은 시인이 젊은 날 이런저런 길의 풍경 앞에서 회한과 희망이 뒤섞인 형식으로 느끼던 그 불안과 다를 것이다. 삶이 미래에 있다거나 진정한 삶은 이미 훼손된 형태로만 남아 있다고 여기는 사람에게는 두 세계 가운데 한 세계가 낯설다. 이 시집을 낼 때 최하림 시인에게는 두 세계가 모두 낯설다. 그는 두 개의 엄숙한 얼굴 사이에 서게 되었던 것이다.

이 시집에서 최하림의 시구는 특이하다. 박자는 빠른데 음조가 낮고 고르다. 그가 풍경 속에서 듣는 수런거림이 이와 같을 것이다. 그것은 단절이 없는 불안의 음조다. 엄숙하도록 낯선 것과 길게 대면하는 이 불안의 파장으로 두 풍경이 오래도록 한데 겹친다. 정들었던 것들과 그리운 것들을 낯설게 바라보는 이 불안, 그리고 그 간단없는 불안으로 유지하는 평온한 시선은 한 인간이 이 삶과 이 세계에 돌려줄 수 있는 가장 고결한 태도에 속한다.

나는 최하림 시인이 젊은 날에 했던 상징주의 강의가 썩 훌륭한 것은 아니었으리라 생각한다. 그러나 어떤 훌륭한 직관은 그때도 이미 그의 마음속에 있었을 것이다. 시집 『풍경 뒤의 풍경』이 그것을 증명한다. 이 시집은 한국어로 쓰인 가장 아름다운 상징주의 시집이다.

(2016년 『문예중앙』 봄호)

이육사의 포도와 김수영의 꽃

「청포도」는 이육사를 대표하는 시는 아니지만 가장 잘 알려진 시편들 가운데 하나다. 시가 비교적 평이해서 특별한 설명이 필요 없는 것처럼 보인다. 그러나 도진순 교수의 「육사의 「청포도」 재해석—'청포도'와 '청포淸袍', 그리고 윤세주」(『역사비평』 2016년 봄호)는 부제목이 암시하듯이 우리가 미처 생각하지 못했던 많은 것을 알려주면서 동시에 우리를 여러 가지 문제 앞으로 이끌고 간다. 우선 『문장』 1939년 8월호에 발표된 「청포도」를 현대 맞춤법으로 적어놓고 도진순의 이야기를 따라가보자.

내 고장 칠월은
청포도가 익어가는 시절

이 마을 전설이 주저리주저리 열리고

먼 데 하늘이 꿈꾸며 알알이 들어와 박혀

하늘 밑 푸른 바다가 가슴을 열고
흰 돛단배가 곱게 밀려서 오면

내가 바라는 손님은 고달픈 몸으로
청포를 입고 찾아온다고 했으니

내 그를 맞아 이 포도를 따먹으면
두 손은 함뿍 적셔도 좋으련

아이야 우리 식탁엔 은 쟁반에
하이얀 모시 수건을 마련해 두렴

도진순은 육사의 '청포도'가 품종으로서의 청포도가 아니라고 말한다. 육사는 1937년에 포항에서 요양한 적이 있는데, 당시 한국 땅에서 가장 큰 포도원이며 육사에게 포도를 상념하게 하였을 포항의 미쯔와포도원에는 청포도가 "와인용으로 재배되긴 했지만, 시에 등장한 바와 같이 손님을 위한 식용으로는 거의 재배되지 않았다". 그래서 육사의 '청포도'는 '풋포도'일 것이라고 도진순은 생각한다. 7월이면 양력으로건 음력으로건 포도가 익어가는 시절이다. 이 풋포도는 익어 추석 전후로 검붉은 색이 된다. 포도가 검붉은 색일 때만 "하이얀 모시 수건"과 선명하게 대조된다. 육사 자신의 말도 이 주장을 뒷받침한다. 김희곤이 쓴 『이육사 평전』에는 「청포도」와 관련된 시인의 회고가 실려 있다: "내 고장은 조선이고 청포도는 우리 민족인데, 청포도가 익어가는 것처럼 우리 민족이 익어간다. 그리고 곧 일본도 끝장난다."

'청포도'가 포도의 한 품종이 아닌 것은 확실하다. 그러나 반드시 '풋포도'를 가리키는 말일까. 한자 '靑'이 풋풋한 것, 아직 익지 않은 것을 의미할 수 있다는 것은 두 번 말할 필요가 없지만, '포도가 익어간다'는 정황을 말하기 위해 꼭 '풋포도가 익어간다'고 말해야 할까. 우리말에서 '콩이 익어간다'고 말하기 위해 '풋콩이 익어간다'고 말하지 않으며, '사과가 익어간다'고 말할 때 '풋사과가 익어간다'고 말하지 않는다. 육사의 시에서 '청포도'는 '풋포도'가 아니라 그저 포도를 대신해서 쓴 말일지도 모른다. 육사는 포도의 이국성과 낭만성, 그 시적 성격을 강조하기 위해 청포도라고 썼을 가능성도 있다. 이렇게 말하면, 익지 않은 포도는 푸르다고 말할 수 있지만, 익은 포도까지 푸르다고 말할 수는 없다고 의아해할 사람이 많을 것이다. 그러나 한자 문화권에서 색깔의 경계는 불분명하다. 청색과 녹색을 모두 '푸르다'로도, '파랗다'로도 감당할 수 있으며, 산나리와 민들

례를 모두 노랗다고 말할 수 있다. 변영로의 시 「논개」에서 "강낭콩꽃보다 더 푸른 그 물결 위에"라고 할 때의 '강낭콩꽃'은 푸르다면 푸른 꽃이고 붉다면 붉은 꽃이다. 「청포도」와 관련하여, '검붉은 포도'라고 말할 때 '검'에 해당하는 것은 사실 남藍이나 감紺에 가까운 색이며, 그것들은 푸르다고 말할 수 있는 색이다. 육사는 이 민족을 비유하는 포도에 '靑' 한 자를 덧붙임으로써 고난과 설움 속에 있는 민족에게 특별한 품위를 주려고 했을 가능성이 높다.

'고달픈 몸으로 청포를 입고 찾아올 손님'에 관해 말한다면, 그것은 조국광복을 말한다고 우리는 내내 학교에서 배웠으며, 학교가 그렇게 가르쳤다. 그러나 또 한편에서는 기쁨으로 맞이할 것이기에 기뻐하는 몸으로 되어 있을 조국광복이 왜 고달픈 몸으로 찾아오겠느냐고 묻는 사람도 있었다. 이 구절에서 어떤 수동자 자세를 발견하고는 '왜 기다리고만 있어야 하느냐'고 묻는 사람도 있었다. 이 시의 '서정성'을 강조하며 포도는 포도일 뿐이라고 말하는 사람도 있었다.

도진순은 그 손님이 독립운동가 석정 윤세주라고 잘라 말한다. 육사보다 네 살 손위로 밀양에서 태어난 석정은 1904년에 안동에서 태어난 육사와 깊은 인연을 맺고, 중국의 난징에서 그를 조선혁명군사정치간부학교로 이끌어 제1기를 같이 수학하였다. 육사는 1933년 여름 상하이를 떠나 고국으로 들어올 때,

자신이 늘 몸에 지니고 다니던 「빈풍칠월豳風七月」이 새겨진 비취 인장을 석정에게 주었으며, 이 이야기를 수필 「연인기戀印記」로 써서 1941년 『조광』 1월호에 발표하였다. 이 시기를 전후하여 석정 윤세주는 군사조직 조선의용대를 창설하고, 장강을 타고 북상하며 조국으로 진입할 포부를 밝히고 있었다. 이런 활동은 물론 「청포도」가 발표된 1939년 이후의 일이지만, '고단한' 투쟁 끝에 조국에 진입한다는 생각은 육사와 함께 활동하던 시절부터 이미 익어가고 있었을 것이다.

도진순은 '청포'에서도 석정의 모습을 발견한다. 그가 보기에 청포는 "비천한 사람들이나 혁명가들이 입던 옷"이다. "청포는 우리가 흔히 말하는 고급 옥빛이 나는 푸른 도포가 아니라, 짙은 남색에 가까운, 세탁을 하지 않아도 표시가 잘 나지 않는 옷으로, 흔히 미관말직이나 지방관리의 복장이거나, 벼슬을 하지 못한 비천한 사람의 복장을 의미한다." 그 복장은 또한 독립운동가 석정의 복장이다. 그는 이 논문의 결론에서 이렇게 쓴다.

> 1938년 윤세주는 조선의용대를 조직하여 육사와 같이 부르짖던 슬로건처럼 중한합작으로 조국해방의 꿈을 실현하고자 노력하였고, 1939년 1월 육사는 고달픈 몸으로 청포 입고 오는 해외의 혁명가를 맞이할 향연을 준비하자고 노래했다. 문학적으로 청포 입고 오는 고달픈 손님이 윤세주인지 아닌지는 중요

하지 않을 수 있지만, 「청포도」가 윤세주로 대표되는 해방의 혁명가를 위한 향연을 노래한 것임은 부인할 수 없을 것이다.

'문학적으로'도 고달픈 몸으로 청포를 입고 찾아오는 그 손님이 독립운동가 윤세주일 수 있다는 것은 중요하다. 그것은 얼굴 없이 안개 속에 서 있는 사람들에게 얼굴을 만들어주는 것과 같다. 다만 문학의 관점에서 본다면 그 손님이 반드시 윤세주로 국한될 수는 없다. 문학이 윤세주를 부인한다는 것이 아니라 그를 다른 질서에서 본다는 것이다. 육사가 그리워했던 것은 많았으며 그 그리움의 강도와 열도는 높았다. 그는 인류가 모두 초인이 되는 인간개벽을 그리워하며 '가난한 노래'의 씨를 뿌렸다. 그는 풍찬노숙을 하며 북방의 하늘에서 "강철로 된 무지개"를 밟기도 했다. 그는 조국광복을 염원했고, 인류역사의 궁극적 발전을 전망하였다. "이 마을 전설이 주저리주저리" 열린다고 말할 때, 그에게는 자신의 개인사와 관련된 이런저런 그리움도 없지 않았을 것이다. 다른 면에서 보면, 육사가 기다리는 손님이 반드시 그의 외부에만 있는 것도 아닐 것이다. 그는 자신에게 기대하는 것도 많았을 것이며, 포도가 익을 무렵 더욱 발전한 자신의 모습을 보고 싶기도 했을 것이다. 단순하게 익지 않은 포도가 익기를 기다리는 마음이라고 해서 다른 그리움보다 꼭 작은 것이라고 할 수도 없다. 그렇더라도 도진순의 부지런한 탐구 덕택에 독립열사 윤세주가 이 모든 그리운 손님을 아우르는 하나의 형상이 되어, 바다를 건너, 저 포도넝쿨 사이로 우리에게 걸어오게 된 것은 행복한 일이다. 윤세주는 육사와의 우정에 의해서, 육사와 함께 지녔던 의기에 의해, 저 이역의 찬 자리에 몸을 눕히게 된 공동의 운명에 의해, 무엇보다도 내용과 질과 강도가 동일했던 소망에 의해, 육사가 고달픈 몸으로 청포를 입고 찾아오는 손님이라는 주제를 만드는 데 가장 큰 힘을 보탠 사람이기 때문이다. 청포를 입은 손님이라는 상상은 포도에서 시작했다 해도 그 사람은 포도 이상의 것이며, 윤세주에서 시작했다고 해도 그 사람의 신원은 윤세주에서 그치지 않는다. 그것이 포도의 아름다움이며 윤세주의 거대함이다.

덧붙여두자. 오랫동안 "두 손을"로 표기되었던 "두 손은"은 '두 손쯤이야'의 뜻으로 이해해야 할 것이다. 그는 엄숙하고 경건한 자세를 잠시 풀려고 한다. "아이야"로 시작하는 마지막 연에 관해 말한다면, 그건 어린아이나 하인에게 내리는 명령이 아니라 정신과 감정이 고양된 순간의 혼이 일상적 시간의 늘어진 혼에게 하는 말이다. 하얀 모시 수건은 자줏빛 포도즙과 선명하게 대비되겠지만, 그 즙을 닦아내는 데는 불편할 것이다. 이 모시 수건에는 기쁨의 절제가 있다. 맞이하게 되는 것은 드넓게 펼쳐지는 새 시대지만 육체가 접하게 되는 것은 포도에서 얻는 관능이기 때문이다.

이육사에게서는 포도였던 것이 김수영에게서는 종종 꽃 또는 꽃잎으로 나타난다. 포도로 표현되는 육사의 열망이 장기적이고 일회적이라면, 김수영의 꽃에는 즉각적·직접적이고 반복적인 성격이 있다. 어떤 시간을 향해 오래도록 지금 이 시간에 성의를 다한다는 것이 식민지 시대의 지조였다면, 제 나라 역사를 제힘으로 시급히 일으켜세우려 했던 노력은 그나마 제 나라를 찾은 이후의 일이라고 해야 할까.

김수영이 1956년에 쓴 「꽃(二)」의 마지막 연이다.

> 중단과 계속과 해학이 일치되듯이
> 어지러운 가지에 꽃이 피어오른다
> 과거와 미래에 통하는 꽃
> 견고한 꽃이
> 공허의 말단에서 마음껏 찬란하게 피어오른다

"중단"이란 꽃피기 전과 꽃핀 이후가 전혀 다른 세상이라는 말이고, "계속"이란 그럼에도 불구하고 꽃피기 전의 세상이 꽃핀 이후의 세상을 만들었다는 말이다. 그렇게 한 세상에서 다른 세상으로의 변화가 "해학"처럼, 마치 농담하듯이 이루어진다. 꽃피는 자리는 늘 허공이기에 개화는 늘 "공허의 말단"에서 이루어진다. 식민지 시대의 지식인들은 자신이 서 있는 자리를 치욕의 자리라고는 생각했어도 공허라고는 생각지 않았는데, 제 나라를 지니게 된 지식인들이 스스로 공허에서 일하고 있다고 말하게 되는 것은 아이로니컬하다. 그러나 이 공허는 오히려 자기를 부정할 수 있는 자신감의 표현이라고 말해야 한다. 김수영의 꽃피기가 반복적인 이유가 거기 있을 것이다. 다음은 그다음 해에 쓴 「꽃」의 첫 연이다.

> 심연은 나의 붓끝에서 퍼져가고
> 나는 멀리 세계의 노예들을 바라본다
> 진개塵芥와 분뇨를 꽃으로 마구 바꿀 수 있는 나날
> 그러나 심연보다도 더 무서운 자기 상실에 꽃을 피우는 것은 신이고

글 쓰는 사람에게 글이 잘 써지지 않으면 세상의 사물과 삶에 의미가 없어진다. 사물과 삶이 모두 "진개塵芥와 분뇨"로 남느냐 꽃으로 바뀌느냐는 시인의 능력에 달려 있다. 시인은 지금 비관적인 목소리로 말하고 있지만, 태도는 능동적이다. 육사가 시에서 가장 적극적인 자세를 보일 때까지도 자주 수동적이라는 혐의를 받곤 했던 반면 김수영은 절망을 말할 때조차도 어떤 것을 실천하고 있는 사람의 모습으로 나타난다. 나라가 있고 없고의 차이가 그와 같다. 한편으로는 육사와 김수영에게서 나타

나는 이 다른 특징이 두 사람이 주어진 자리에서 얼마나 열심히 살았는가를 말해주기도 한다.

김수영은 세상을 떠나기 한 해 전인 1967년에 '꽃잎'이란 제목으로 세 편의 시를 썼다. 그 가운데 「꽃잎(二)」을 읽는다.

꽃을 주세요 우리의 고뇌를 위해서
꽃을 주세요 뜻밖의 일을 위해서
꽃을 주세요 아까와는 다른 시간을 위해서

노란 꽃을 주세요 금이 간 꽃을
노란 꽃을 주세요 하얘져 가는 꽃을
노란 꽃을 주세요 넓어져 가는 소란을

노란 꽃을 받으세요 원수를 지우기 위해서
노란 꽃을 받으세요 우리가 아닌 것을 위해서
노란 꽃을 받으세요 거룩한 우연을 위해서

꽃을 찾기 전의 것을 잊어버리세요
　　꽃의 글자가 비뚤어지지 않게
꽃을 찾기 전의 것을 잊어버리세요
　　꽃의 소음이 바로 들어오게

꽃을 찾기 전의 것을 잊어버리세요
　　꽃의 글자가 다시 비뚤어지게

내 말을 믿으세요 노란 꽃을
못 보는 글자를 믿으세요 노란 꽃을
떨리는 글자를 믿으세요 노란 꽃을
영원히 떨리면서 빼먹은 모든 꽃잎을 믿으세요
보기 싫은 노란 꽃을

시인이 꽃 가운데서도 노란 꽃을 달라고 하는 것은 아마도 이 땅에서 이른봄에 가장 먼저 피는 꽃들이 노란색 꽃들이기 때문일 것이다. 꽃나무들이 겨울을 견뎌낸 뒤에 겨우 만들어낸 꽃잎의 여린 노란색을 보며 춘궁기의 굶주린 얼굴을 떠올리는 시인들도 있었다. 그러나 이 가냘픈 꽃이 우리의 고뇌를 달래고, 의외의 사건이 되어 우리를 흔들며, 꽃피기 전과는 다른 시간을 우리 앞에 펼쳐놓는다. 만해는 「님의 침묵」에서 "날카로운 키스"라는 말로 삶의 어떤 순간을 운명의 분기점으로 만드는 계기에 관해 말하지만, 김수영에게서도 꽃이 피는 순간은 이와 같이 날카롭다. 그런데 두번째 연은 좀 뜻밖이다. 왜 요구하는 꽃이 하필이면 "금이 간 꽃"이며, "하얘져 가는 꽃"이며, "넓어져 가는 소란"일까. 제2연은 조사 하나를 바꾸어 다음과 같이 옮겨 적어

보면 쉽게 이해된다.

> 노란 꽃을 주세요 금이 간 꽃이라도
> 노란 꽃을 주세요 하얘져 가는 꽃이라도
> 노란 꽃을 주세요 넓어져 가는 소란이라도

김수영은 자신이 기대했던 세계가 반드시 기대했던 모습으로 오는 것은 아니라는 것을 안다. 어떤 가혹한 혁명도 생명을 말살하지 않는 한 삶에 껴묻은 때를 완전하게 정화할 수 없다는 것을 안다. 꽃의 새 세상 만들기는 금간 꽃으로부터 시작하고, 때로는 시작하기도 전에 색이 바래듯 그 날카로움을 잃는 타락과 함께 시작하고, 그리고 종종 저 자신이 벌써 의미를 잃은 소란이 되어버리고 만다. 꽃은 완벽하지 않다. 그러나 꽃은 결여의 꽃으로 완전한 꽃을 지금 이 자리의 삶에 지시한다.

제4연에서 "꽃을 찾기 전의 것을 잊어버리"라는 것은 꽃에 대해 지녔던 관념을 수정하라는 뜻이 될 것이다. 비틀어질지도 모르는 '글자'가 바로 그 관념이다. 관념은 늘 다시 비틀어지고, 꽃이 한 번씩 필 때마다 새로 수정된다. 단 한 번에 이루어지는 혁명도 없고 단 한 번에 이루어지는 정화도 없다.

마지막 연은 한번 더 적어놓고 생각하자.

내 말을 믿으세요 노란 꽃을

못 보는 글자를 믿으세요 노란 꽃을

떨리는 글자를 믿으세요 노란 꽃을

영원히 떨리면서 빼먹은 모든 꽃잎을 믿으세요

보기 싫은 노란 꽃을

시인에게 노란 꽃은 바로 그 자신의 시와 같다. 시가 한 구절 태어날 때 세상이 바뀌고 꽃이 한 구절 태어날 때 다른 세상이 온다. 꽃피어 새 세상이 올 때 그 새 세상이 우리의 기대와는 다른 모습으로 오는 것은 우리가 지녔던 관념 속에 어떤 결여가 있었기 때문이다. 그래서 꽃이 피고 새 세상이 오는 것은 그 관념의 글자들을 "떨리는 글자들", 낯선 글자들로 다시 보충해야 한다. 어떤 경우에도, 오게 될 세계를 말하는 관념에 완벽한 관념은 없다. 거기에는 늘 빠진 글자가 있으며 인간은 또하나의 경험으로 또 한번 관념을 보충한다. 과거는 필연이고 미래는 우연이라는 말도 이 말과 다른 말이 아닐 터이다. 아마도 영구 혁명을 믿는 사람이 있다면 그의 신념은 "보기 싫은 노란 꽃을" 믿는 것으로부터 시작할 것이다.

육사는 새로 지어진 완벽한 집에서 민족과 같이 살아갈 날을 기다렸다. 김수영은 여전히 낡은 집, 그러나 '자기집'에서 날마다 기둥을 갈고 천장을 뜯어고치고 벽지를 새로 바르며 살고 있다. 해방 이전과 이후에 달라진 것이 그 정도다.

(2016년 『문예중앙』 여름호)

박서원을 위하여

박서원 시인을 처음 만난 것은 1993년 여름이었다. 월간 『현대시학』의 '강요'로 김인환과 2인 대담을 하기 위해 인사동에 있던 그 잡지 편집실의 문을 열고 들어서니, 대여섯 여자 시인들이 정진규 주간을 둘러싸고 데뷔 전의 습작 시절에 관해 이야기를 나누고 있었다. 그 가운데 가장 앳된 시인이 "나는 시를 배운 적도 없고 습작을 해본 적도 없어요"라고 말했다. 나는 어안이 벙벙해서 그 얼굴을 쳐다보았다. 얼굴이 하얗고 콧대가 바르고 두 눈이 초롱초롱한데 이마가 좀 좁아 보였다. 내 위 세대 사람들이라면 '예쁘긴 하다만 초년고생이 좀 심했겠다'라고 말할 그런 얼굴이었다. 시를 배운 적이 없다는 한 시인의 말에 내가 무슨 충격을 받은 것은 아니었다. 그 시인이 멍청한 소리를 하는 것이거나 형편없는 시를 쓰고 있을 것이라고만 생각했다. 그 시인이 박서원이었지만, 내가 그의 얼굴을 그의 이름과 일치시킬 수 있게 된 것은 1년 후쯤의 일이었다.

그 무렵 나는 소설가 김원우와 함께 세계사에서 계간 『작가세계』의 편집위원으로 일하고 있었다. 어느 날 시인 김정란이 원고 한 뭉치를 들고 와 내게 보여주었다. 그 원고 뭉치의 처음 몇 장을 넘기면서 나는 "꽃들이 피를 흘리며 만발한 것 같다"고 말했다. 내가 박서원의 시에 붙인 첫 비평이었다. 그 가운데 몇 편이 잡지에 발표된 뒤 박서원이 필자 모임에 나타났다. 시를 배운 적도 습작한 적도 없다는 그 시인이었다. 나는 어떻게 시를 쓰게 되었느냐고 물었고, 이런 대답을 들었다. "누가 시라고 하는 것을 주어서 읽어보았는데, 이런 것을 나도 쓸 수 있겠다 싶어서 썼고, 그걸 투고했더니 당선되었어요." 당선이 아니라 실은 추천이었다. 잡지 『문학정신』은 1989년 박서원을 시인으로 추천했다.

'세계사 시인선'으로 박서원의 시집 『난간 위의 고양이』가 출간된 것은 1995년이다. 그러나 이 시집은 그의 첫 시집이 아니다. 그는 등단 다음해인 1990년 열음사에서 시집 『아무도 없어요』를 발간했다. 시인으로 호칭되기 전에 썼던 시를 모았을 이 시집을 살펴보면 '이런 것을 나도 쓸 수 있겠다'는 말을 어느 정도 이해할 수 있다. 무엇보다도 '사람들이 시라고 하는 것'에 대한 그의 독서는 그에게 가족과 떨어져 살아야 했던 불우한 어린 시절, 자신을 평생 따라다니던 기면증, 어른이 되기도 전에 당했던 성적 폭력의 상처, 불륜이라고 불릴 수 있었던 애정관계, 늘 체력을 소모하게 했던 과민한 감각 같은 불리한 삶의 여건들이 모두 새로운 재산으로 바뀔 수 있다는 것을 가르쳐주었다. 그것들은 아무나 발견할 수 없는 비밀의 광맥과 같은 것이었다.

이를테면 그는 이런 시를 써서 「밤」이라는 제목을 붙였다.

밤은 칼날
푸른 나무의 그림자가
내 키를 덮쳐오고
시간들은 일제히
검은 장화를 신고 달려오는
때
불현듯 어디선가
나를 뚫고 가는
태고의 바람소리
아니 그건 비명이었어

이 불길한 풍경은 어떤 비유도 상징도 아니다. 이것은 그가 어떤 특별한 종류의 신경병을 살아내고 있다는 증거일 뿐이다. 그러나, "내 키를 덮쳐오고"에서의 '키'는 시를 배운 적 없는 이 시인의 언어적 재능을 말한다. 이 단음절의 단어는 시인이 어떤 끔찍한 힘의 내습 앞에 줄곧 서 있었다는 것을, 그 힘이 그의 존재를 압도했다는 것을, 그는 속수무책이었다는 것을 한꺼번에 표현한다. 그가 읽은 시는 그에게 생경하게, 다시 말해서 '사실 그대로' 기술하라고 가르쳤던 것이다. 그런데 시는 좋은 것만 가르치지 않았다. 그가 읽은 것이 항상 좋은 시는 아니었기 때문이다. "태고의 바람소리"와 "비명"은 시에서 읽은 나쁜 말버릇에 속한다. 그는 분명히 오직 시 같을 뿐인 시들도 읽었다. 그는 「두려움」 같은 무덤덤한 시도 썼으며, 이런 시가 시집의 3분의 1을 차지한다.

당신이 내게 남겨준 것은
아무래도 멀리 있는 축복,
동서남북 열두 달
비껴가다 보면
비껴가는 것들끼리 만나
사랑이 되지

당신이 내게 남겨준 것은
너무도 조용하다고 우는
내 숨소리

깊은 밤에도

나팔꽃 열리는 아침에도

정오의 태양 속에서

환히 열리는 길 위에서도

무서운 내 숨소리

남자는 좋은 말로 여자를 다독거리고 떠났다. 시인은 시의 제1연에서 그 다독임에 위로를 받지만, 같은 말로 시작하는 제2연에서는 벌써 그 위로가 효력을 지니지 못한다. 아니 효과가 거의 절대적이어서 모든 감정을 침묵으로 돌리고 숨소리만 남게 한다. 그리고 급기야는 그 침묵이 오뉴월의 서리와 같은 원한의 형식으로 강고해진다. 침묵을 지키기 위해 고르게 유지하려는 숨소리는 무섭다. 그래서 마지막 시구의 '무서운'이 이 시의 시안이 된다. 그러나 두 연의 대비적 구조는 두 감정을 대질시키는 효과를 얻기도 하지만, 설명의 성격이 두드러져서 전체적으로 시를 고식적으로 읽히게 한다. 어디를 때리겠다고 미리 예고하고 주먹을 휘두르는 권투 선수와 같다고 할까.

다섯 해 뒤에 나온 『난간 위의 고양이』에서는 시를 시처럼 짜맞추려는 이런 서투른 시도들이 말끔하게 사라진다. 등단 후, 그가 시인들을 만나고 독서하는 시가 바뀌면서 '나도 쓸 수 있다'가 '나는 더 잘 쓸 수 있다'로 발전한 것이다. 그는 힘있는 말이 갖추고 있기 마련인 각과 선이 어떻게 생성되는가를 알아차렸으며, 신경병을 앓는 사람으로 자신의 내적 풍경의 형식이 시의 언어적 구조와 다르지 않다는 점에 주목했다. 자신의 특별한 체험을 특별한 언어 표현으로 형식화하여 미적 형상을 얻어냄으로써 그는 무엇보다도 넋두리와 신세타령에서 재빠르게 벗어날 수 있었다.

이를테면 그는 예의 저 독한 침묵의 한탄을 새 시집의 「화롯불 속의 알밤」에서는 이렇게 서술할 수 있었다. 뒷부분만 적는다.

> 화롯불과 소쩍새 어우러지는 밤.
> 멀어질 수 없는 나라에 삽니다.
>
> 재 속에서 재가 되는 알밤
> 총알보다 단단해지는 알밤
>
> 견디는 비린내에 지그시 눈감는다고
> 흰 수풀 요정이 되는 건 아니지만
> 내리는 눈을 한여름 무지개 되게 할 수는 없지만
>
> 화롯불 속의 알밤은
> 그냥 알밤

그냥 쇠가 되는 알밤

"화롯불과 소쩍새 어우러"진다는 말은 현실의 시간이 전설 속의 시간처럼 까마득한 시간이 된다는 말이다. 시인은 사람들이 말하는 것처럼 '지그시 눈을 감고' 인내하여 마음속에 맺힌 것이 폭발하게 하지 않게 하려고 애쓰지만, 그렇게 긴 시간이 지나도 마음속에 맺힌 것은 폭발하지 않는 만큼 풀리지도 않는다. 그것은 가슴속 멍울이 되고 쇠처럼 단단한 상처가 된다. 「표범처럼 완전한 사랑」의 첫머리에서는 사랑과 증오가 똑같이 독하게 엇물린 심경을 다음과 같이 쓴다.

나는 독방으로 갑니다
완전한 사랑을 위해
바다에 나가 돌아오라고 아버지를
부르듯이 파도를 부르듯이
용수철을 가슴에 박듯이
불 때지 않은 콘크리트 네모진 방
담요 한 장 없이
사랑을 위해 나를 잠그러 갑니다

시인이 "사랑을 위해 나를 잠그러 갑니다"를 쓸 때, 거기에 기형도의 「빈집」이 남긴 잔영이 없었다고는 말하기 어려울 것이다. 그러나 이 독방의 공간은 단순한 포기의 칩거를 위한 자리가 아니다. 거기에는 포호가 있고 강력한 자해의 의지가 있고 이를 가는 고행이 있다. 그것들은 시로 달래기 어려운 것들인데, 그만큼 시에 담기 어려운 것들이기도 하다. 1990년대에 박서원의 시가 시의 성공과 실패를 넘어서서 깊은 인상을 남겼던 것은 그 시절에 시가 담기에 가장 어려운 것을 담고 있었기 때문이다.

다음은 시집 표제시인 「난간 위의 고양이」 전문이다.

그는 난간이 두렵지 않다
벚꽃처럼 난간을 뛰어넘는 법을
아는 고양이
그가 두려워하는 건 바로 그 묘기의
명수인 발과 발톱
냄새를 잘 맡는 예민한 코
어리석은 생선은 고양이를 피해 달아나고
고양이는 난간에 섰을 때
가장 위대한 힘이 솟구침을 안다
그가 두려워하는 건
늘 새 이슬 떨구어내는 귀뚜라미 푸른 방울꽃

하느님의 눈동자 새벽별
거듭나야 하는 괴로움
야옹
야옹

박서원은 이 시를 쓰면서 완벽한 시인이 되었고 시인에 대한 자각을 얻었다고 해야 할지 모르겠다. 그는 한 마리 날렵한 고양이처럼 난간 위에 서 있다. 그는 자신이 이 세계와 다른 세계의 경계에 서 있는 것을 안다. 그러나 그가 두려워하는 것은 그 경계도, 그 너머의 다른 세계도 아니다. 아이로니컬하게도 그가 두려워하는 것은 그 경계를 넘어설 자신의 능력과 수단이다. 그는 육신과 감각에 둘러싸인 자로서 자신의 육체를 괴롭히고 자신의 감각을 혹사함으로써만 또하나의 세계에 대한 비전을 얻는다. 게다가 실제로 그에게 "명수인 발과 발톱"에 해당하고 "냄새를 잘 맡는 예민한 코"를 만들어준 것은 그의 신경병이었고 가슴속을 후벼대는 온갖 종류의 불안과 초조감이었다. 그는 늘 노심초사하며 그 불안을 과장하고 밖에 전시하기까지 하였지만, 또한 거기서 "가장 위대한 힘이 솟구침을" 알며 그것을 시인의 긍지로 삼기도 했다. 그 긍지가 가장 비장하게 표현된 시가 「門으로 가는 길」이다.

적막,

모든 육신의 뚜껑을 열고
모든 소리를 들어야 하리
나뭇잎 세포가 시들어가는
떨림까지라도

말갈퀴는 고요히 눈보라 치고
마부는 눈이 멀어
마을로 가는 입구는 넓다
이 모두를 잿더미로 끌어안고

적막,
모든 목소리를 들어야 하리

시인은 다른 세계의 문으로 들어가기 위해 자신의 감각을 극대화하여 초민감 상태로 만들려 한다. 그에게서는 늘 감각의 중심에 청각이 있다. 그는 자신이 등뒤에서 바늘이 양탄자에 떨어지는 소리를 들을 수 있다고 말하곤 했다. 이렇게 과도하게 민감해진 감각은 그 자체로 공감각의 기능을 가지며 통합 감각의 형태로 작용한다. 어떤 종류의 학대에 의해 극대화된 감각은, 랭보의 말을 빌리자면, 감각이 전면적이고 장기적으로, 또한 체계적이고 이치에 맞게 착란된 것과 같아서 벌써 감각세계의 울타리를 벗어난다. 박서원이 "마부는 눈이 멀어/마을로 가는 입구는 넓다"고 할 때 그는 벌써 투시자가 되어 있다. "이 모두를 잿더미로 끌어안고"라고 할 때의 '이 모두'는 다른 세계를 얻기 위해 버려야 할 이 세계다. 그러나 불행하게도 이 세계의 잿더미 속에는 그가 다른 세계를 얻기 위해 소진하고 있는 그의 감각도 들어간다. 그는 자신을 희생으로 바칠 때만 '적막'을 완성할 수 있다. 그러나 이런 종류의 모험이 랭보에게서는 늘 실패로 끝나지만 박서원에게서는 늘 미완으로 남는다.

『이 완벽한 세계』(세계사, 1997)는 박서원의 시에서 그 절정을 기록했다. 그는 이미 투시자가 되려는 사람이 아니라 투시자였다. 아니, 더 정확하게 말하면 박서원의 어법은 시단의 중심에서 이미 낯이 익어서 그의 거침없는 표현들이 수용 가능했던 것이다. 실제로 이 시집에 실린 다섯 편의 연작시 「황홀」은 이전 시집 『난간 위의 고양이』 시절에 쓴 것이지만 '독자들이 너무 어지럽다고 여길 것'으로 판단되어 편집자들이 이 시집에서 제외시켰던 시편들이다. 그러나 박서원에게 이 연작은 모두 그의 꿈의 기록이었고, 그는 꿈의 서술을 통해 자신의 시어를 발전시켰던 것이 사실이다. 이 '어지러운' 연작 가운데 「황홀 1」을, 그것도 첫머리만, 적어둔다.

실내에 샘물이 걸어 들어온다 가녀렸던 샘물이 번쩍이는 잉어떼와 山을 두 팔에 안고 가득 차오른다 성큼 미친 걸음으로 山이 불타오른다 타는 山 한 정적에 수억 년 꽃밭이 밀려온다 단정한 꽃밭이…… 채송화 봉숭아 다알리아 맨드라미 손을 휘젓자 머리칼이 미친 빛으로 헝클어진다 뒤돌아보지 마라 불씨가 꺼지기 전에 이윽고 연주되는 악기처럼 자물쇠가 열린다 자물쇠가 녹는다 알전구가 터진다 형광등이 폭발한다 갑자기 태어난 마네킹이 조명을 받으며 춤춘다 쓰라린 무용수 맨발 등뒤에 흐르는 식은땀 눈감지 마라

황홀한 꿈이건 악몽이건, 꿈을 꾼다고 해서 이런 글을 누구나 쓸 수 있는 것은 아니다. 쓰는 사람의 말이 꿈과 같은 것이 되어야 하고, 어떤 점에서는 그의 말이 꿈을 꾸고 있어야 하며, 말과 꿈이 동시에 생성되어야 한다. 박서원에게는 그런 능력이 있었다. 꿈꿀 수 있는 능력이 아니라 '말로 꿈을 꾸는 능력'이었다. 말하자면 이성을 착란케 하면서 동시에 이성을 유지하며 꾸는 꿈이었다. 시인 자신은 자신의 꿈에 관해, 시집의 '자서'에서 이렇게 말했다. "나는 꿈속에 갇혀 있어야 할 희한한 것들이 그 어두운 자루를 찢고 쏟아져내리는 경험을 여러 차례 겪었다. 아, 그 사태들을 막을 수 있었다면 나는 이렇게 불행하지 않았

을 것이다. 내가 불행을 느낀다는 것은 내 정신이 여전히 맑다는 뜻이다. 나는 드물고 황홀하고 고통스런 그 기억을 어떤 은총 속에서 적었다." 시인으로서 그는 이렇게 적는 일로 그 꿈을 조장했고, 그럴 수 있는 능력이 곧 은총이었다. 그러나 그는 이 언어를 현실 생활을 적는 데도 늘 적용했고 그의 좋은 시들은 그때 탄생했다. 나는 「연장통」 같은 시를 1990년대, 곧 세기말의 걸작 가운데 하나라고 생각한다. 좀 길지만 전문을 적는다.

무엇부터 버려야 할까

낡은 의자 다리를 고치는 망치?
한 번은 고슴도치도 때려잡은 일도 있는,

또 오렌지빛 외투 속에 감추고 다닌 적이
있던 잭나이프?

못은 그동안 모서리마다 진저리치게
했지

아침이면 배달되는 신문은
송곳으로 이곳저곳 구멍이 났어

연장통은 구석에 처박혀 있다가
수시로 집 안을 들쑤셔놓곤 했던 거야
참 긴요한 물건들이었는데.

하지만 이젠 버려져야겠지

새집엔 새 연장들이 필요하니까
방금 나와 함께 있어야 한다고 우기던
것들이지만,

난 명령한다. 차렷!

그러나 그것이 반드시 새 아침을 여는 것은
아닌 것을

무엇 때문에?

박서원은 아마도 '그 성질머리를 고쳐야 한다'는 말을 들었을 때 이 시를 썼을 것이다. 그가 시인일 때 버려야 할 연장통과 그는 하나였다. 열어야 할 '새 아침'이 그 연장통에서 비롯하기도 했다.

시를 한 편만 더 적는다. 시 「환상」은 현실과 꿈의 접경에서 만난 어떤 특별한 순간의 기록이다. 옛사람들이라면 분명 어떤 귀기에 대해 말했을 것이다.

> 나는 그때 거기 없었다
> 풍랑에 떠내려가는 흔들의자가 보였을 뿐
> 해는 금빛 띠를 온누리에 드리우며 저물고
> 우리 속에서 요란했을 돼지도 조용히 반짝이며
> 흘러가고 있었다
> 이상하게도 살려고 하는 것들은 없었다
> 나로부터 멀어져간 내가 눈을 떴을 때
> 어둠은 성긴 눈발을 끌어안고 떨어지고 있었다

박서원은 내내 가난했으며 글을 써서 자신의 생활을 해결하고 싶어했다. 그에게는 확실히 특별한 언어적 재능이 있었지만, 재능과 노력이 곧바로 돈으로 바뀌지는 않는다. 그는 한때 자전적 산문을 써서 베스트셀러 작가가 되었지만 그 행운은 오래가지 못했다. 당시 서점에서 날개 돋친 듯 팔려나가던 그런 종류의 '대중 시'를 쓰려 했지만 성공하지 못했다. 오히려 이런 시도들이 그의 재능을 허물어뜨렸다. 네번째 시집 『내 기억 속의 빈 마음으로 사랑하는 당신』(세계사)이 1998년에, 다섯번째 시집 『모두 깨어 있는 밤』(세계사)이 2002년에 발간되었지만, 거기서는 어떤 특별한 기운도 발견되지 않았다. 그의 재능은 잘못 소비되었다. 그러나 두 시집 『난간 위의 고양이』와 『이 완벽한 세계』는 한국어가 답사했던 가장 어둡고 가장 황홀했던 길의 기록으로 기억되어야 마땅하다.

최근에 박서원이 세상을 떠났다는 소식이 문단에 흘러들어왔다. 죽음의 자세한 정황도 시기도 아직 알려지지 않았지만 그가 이 세상 사람이 아닌 것만은 사실인 것 같다. 고결한 재능을 뽐냈던 그의 시집 두 권을 편집했던 사람으로서 그의 죽음을 애도한다.

(2016년 『문예중앙』 가을호)

두 개의 달

태양 아래서 볼 수 있는 것과 달빛 속에서 볼 수 있는 것은 같지 않다. 달빛에서는 더 많은 일이 일어난다. 세상 사람들이 모두 눈을 똑바로 뜨고 서로 인정해주는 방식으로만 사물을 바라보는 햇빛의 시간에서는 확실히 하늘 아래 새로운 것이 없다. 빛과 그 그림자가 한데 섞여 있는 달빛 속에는 한낮의 나무 대신 연필로 그린 나무가 있다. 달빛 속에 들어가는 것은 그림 속에 들어가는 것이며, 제 마음 밑바닥의 감춰진 비밀 속에 들어가는 것이다. 자기가 아닌 다른 모든 사람의 적의를 무릅쓰지 않고는 결코 생각할 수 없을 것이 달빛 속에서 기획된다. 그래서 달은 논리정연한 세상의 역사가 실천할 수 없었던 것들의 신화를 감당한다. 그러나 더 가깝게 이야기한다면, 우리의 속 깊은 곳을 간지럽히는 달빛 속에서는 이상한 종류의 어떤 욕망, 이를테면 식욕이 발동한다.

지금 우리가 같이 읽으려는 두 편의 시는 모두 달빛을 '탐식'하고 있다. 아폴리네르의 시 「달빛Clair de Lune」에서 달빛은 꿀이며, 송찬호의 「달은 추억의 반죽 덩어리」에서 그 반죽 덩어리는 밥 한 그릇이다.

아폴리네르의 「달빛」의 번역과 원문을 우선 적자.

미치광이들의 입술에 꿀맛 같은 달
과수원과 마을이 오늘밤 단맛에 빠졌구나
별들은 포도넝쿨에서 방울지어 내리는
저 빛나는 꿀의 꿀벌 노릇을 톡톡히 하는구나
달디달게 하늘에서 저들에게 떨어지는 달빛은
한줄기 한줄기 모두 한 칸 벌집이 아닌가
그래서 나는 아주 달콤한 모험을 숨어서만 꿈꾼다
저 꿀벌 아르크투루스의 불침이 두려운 탓
내 손에는 허망한 빛줄기나 쏘고
바람의 장미에서 제 몫의 달빛 꿀을 거두어 갔지[1)]

---

1) 기욤 아폴리네르의 『알코올』(열린책들, 2010)에서 나는 이 시에 다음과 같은 주석을 붙였다.

이 시는 아폴리네르의 시 중에서 일반 간행물에 가장 먼저 발표된 시로 알려져 있다. 1901년 9월 『위대한 프랑스』지에 Wilhelm Kostrowitsky의 이름으로 처음 발표되었으며, 당시 제목은 "Lunaire"('달'을 뜻하는 명사 Lune의 형용사)였다. 상징주의의 영향이 분명하게 드러나는 시이지만, '달빛'이라고 하는 상징주의의 단골 주제를 이용하여 상징주의를 야유하는 시이기도 하다.

Lune mellifluente aux lèvres des déments

Les vergers et les bourgs cette nuit sont gourmands

Les astres assez bien figurent les abeilles

De ce miel lumineux qui dégoutte des treilles

Car voici que tout doux et leur tombant du ciel

Chaque rayon de lune est un rayon de miel

Or caché je conçois la très douce aventure

J'ai peur du dard de feu de cette abeille Arcture

Qui posa dans mes mains des rayons décevants

제4행, 부사어 "톡톡히assez bien"에는 자연 사물에 억지 은유를 덧씌우고 불필요한 의인화로 멋을 부리는 후기 상징주의 시를 조롱하는 어투가 담겨 있다.

제6행, "한줄기 한줄기 모두 한 칸 벌집이 아닌가"—프랑스어 "rayon de miel"은 "벌집"을 뜻하는 말이지만, 축자적으로는 '꿀빛 광선'이나 '꿀로 된 광선'으로 읽힐 수도 있다. 아폴리네르는 이 두 의미 사이에서 말장난을 하고 있다. 꿀빛 광선인 달빛은 곧 꿀벌의 집이며, 그 꿀을 모으는 것은 하늘의 꿀벌들, 곧 별들이다.

제8행, "아르크투루스"는 별자리 목동좌에서 가장 큰 별로 큰곰자리의 꼬리 근처에 위치하며, 바로 여기서 '곰에서 눈을 떼지 않는 사냥꾼'이라는 이 별의 이름이 유래한다. 마들렌 부아송은 이 별이 시의 화자를 나쁜 문학적 공상의 함정으로 이끄는 '계모 마녀'의 성격을 지닌다고 해석한다.

제9~10행, 두 가지 뜻을 지닌 프랑스어 'rayon'을 이용한 말장난이 여기서도 계속된다. "허망한 빛줄기"로 번역한 프랑스어 "rayons décevants"은 "허망한 벌집"으로도 번역될 수 있는 말이기 때문이다. "바람의 장미rose des vents"는 풍향계의 방향판을 뜻하는 말이다. 문학은 자칫 시인에게 달콤하지만 허황한 공상을 심어주고, 그 대신 현실세계에 대처할 실제적인 능력을 앗아가버릴 수도 있다. 아폴리네르가 낡은 상징주의를 야유하게 되는 이유도 거기 있다.

Et prit son miel lunaire à la rose des vents

「달빛」은 아폴리네르가 스무 살 근처의 젊은 나이에 썼던 습작 시이며, 그런 만큼 다소 유치한 구석이 없지 않은데, 그 유치함이 인상적이다. 우리의 번역에도 또한 불안한 구석이 적지 않으나, 이야기의 실마리가 거기에 들어 있다. 우선 이 시에는 한 언어의 특수 상황에서 다른 언어의 일반적 상황으로 옮겨질 수 없는 말장난, 즉 신소리가 들어 있다. "고맙다"는 인사에 "아니 곰이 왔어?"라고 대꾸하는 신소리를 어떻게 다른 언어로 옮기겠는가. 제6행의 달빛의 광선이 벌집蜂房이라는 이야기도 그런 신소리의 하나이다. 프랑스어에서는 '광선'을 'rayon'이라고 한다. 달빛은 꿀빛으로 보일 수 있으며, 이 "꿀빛 광선"을 프랑스어로 '고지식하게' 표현하면 "rayon de miel"이 된다. 그런데 실상 이 "rayon de miel"은 육각형의 "벌집", 즉 "봉방"을 뜻한다. 제9행에서는 하늘의 꿀벌인 별이 "바람의 장미"에서 꿀을 걷어간다는데, 이 장미 즉 "la rose des vents"은 프랑스 사람들이 "풍향계"를 일컫는 말이다. 한편, 신소리에 해당한다고는 할 수 없지만, 마지막 행의 "아르크투루스"는 목동좌의 알파성星을 가리키는데, 희랍어에서 온 이 말의 원의는 "큰곰좌에서 눈을 떼지 않는 사냥꾼"으로, 이 별이 큰곰좌의 꼬리 근처, 즉 북두칠성의 국자 손잡이 연장선에 있어서 그런 이름을 얻었다고 한다. 시인이 말의 우연한 기회인 신소리에, 또는 지극히 하찮은 지식의 단편에 기대를 건다는 것은 혼란된 정신이나 메마른 감정에 잡혀 있는 사람이 지푸라기라도 잡아보려는 심정의 표현일 것이다. 시인들이야 늘 세상의 어느 구석에, 하찮은 말꼬리에 이르기까지 비밀이 들어 있기를 바라지 않겠는가.

사실 이 시에는 한 문학청년이 겪는 감정의 위기가 있다. 광인들의 정신에 불길한 영향을 미친다는 저 달빛에 그도 매혹되고 있다는 사실이 반드시 그의 광기를 증명해주는 것은 아닐지라도 그것이 세상에 대한 불안감 내지는 표현하기 어려운 깊은 상실감과 관련되었을 가능성은 크다. 희망도 사건도 없는 범속한 일상과 영원히 누추할 것이 분명한 삶을 구성하고 있던 풍경이, 오늘밤 설탕을 둘러씌운 과자처럼 달빛에 싸여 있다. 과자로 만든 집은 물론 민담에 속하고 동화에 속한다. 현실에 진입하기도 전에 그 낯선 세계에 대한 믿음은 사라졌지만 그 세계가 완전히 청산되었다고도 할 수 없다. 그의 눈앞에 달빛을 받고 있는 풍경 속에는 이제 어쩔 수 없이 감당하기를 결심해야 하는 사실의 세계와 그가 못내 떠나보내기를 아쉬워하는 몽환의 세계가 동시에 들어 있다. 아니 이 월광의 풍경은 그 두 영지를 합한 것도 아니고 그 중간도 아니다. 그는 다른 지경에, 제3의 나라 앞에 서 있다. 이제까지 그를 속여온 말의 힘을 이제는 그의 편에서 다시 이용한다면 건설해낼 수 있을 세계 앞에 그가 서 있다. 그러나 그 세계는 충실하게 채워졌는가.

말할 것도 없이, 그 세계를 정합하기 위해 아폴리네르가 사용하는 방법은 억지에 가깝다. 달이 들판에 꿀을 흘려보낼 때, 별들은 작은 불티처럼 반짝거린다는 이유 하나로 꿀벌의 노릇을 "톡톡히" 한다. 시인은 이 부사를 통해 우리의 양해를 간청한다. 그리고 운이 좋다면 얻게 될 이 양해 위에서, 그는 꿀벌이 풍경 속에 개입해야 할 또다른 이유를 날조한다. 달빛은 꿀빛이며, 이 꿀빛 광선rayon de miel은 벌써 꿀벌의 집rayon de miel이다. 시가 여기에 이르면 독자도 태도를 바꾸어 진지하기를 포기해야 한다. 말에 그런 함정이 있었으니, 달빛이 곧 꿀이며, 별이 곧 꿀벌이라고 믿어두는 수밖에 없다. 그러나 시인에게는 진지하기를 포기해야 하는 다른 이유가 있다.

또하나의 말장난인 "바람의 장미"가 그 정황을 암시한다. 저 "벌집"에 실제의 꿀벌이 없는 것처럼, 이 장미도 장미가 아니다. 그것은 바람의 방향을 나타내는 장비이며, 천후天候의 어떤 기미를 표현한다. 아폴리네르도 말의 괴이한 결합이 허용해주는 협소한 기회와 현실의 실제적 가능성을 혼동하는 시 속에서 이 풍향계와 함께 하나의 기로에 서 있다. 그는 지금 한 세계를 선택해야 한다. 그는 겉도는 말의 세계에서 한 방울의 꿀을 얻어내려고 하지만, 신화와 전설에 속할 뿐인 그 꿀의 주인은 벌써 정해져 있다. 하늘의 꿀은 하늘의 꿀벌인 아르크투루스의 몫이다. 인간적 이치의 경계를 넘으려는 이 무모한 시도는 저 별의 불침이라고 하는 처벌을 면하기 어려울 것이며, 시인은 끝내 저 "미치광이들" 중의 한 사람으로, 다시 말해서 달의 헛된 꿀빛에 취하여 모든 세속적 균형을 잃어버린 사람으로 전락할 위험이 있다. 그러나 말의 허깨비와 달의 그림자 세계에 만족하는 대신, 사물과 말의 통로를 다시 조정하여 마침내 말로 세계를 바꿀 수 있는 가능성은 충분히 남아 있다. 그것은 하나의 내기이며 모험이다. 말의 내기에 자신의 미래를 모두 걸고 있는 자는 하나의 말이 최초에 만들어질 때 지녔던 그 힘을 다시 복원할 수 있을 때까지 "숨어서" 기다려야 한다. 그런데 이 시인은 어디에 숨는가. 아폴리네르는 단 한 곳에, 고의적으로 진지하기를 포기하는 그 태도의 뒤에 숨는다.

그는 장난이 진실로 될 때까지 진실을 장난처럼 내뱉는다. 진실은 달빛 속에 있으며, 장난은 그 진실을 태양 아래 바치는 희생제의다. 아폴리네르는 자기 생전에 달빛 속의 상징주의적 세계를 햇빛 아래로 끌어내는 일에 일단 성공한 것으로 알려져 있다.

송찬호의 달은 아폴리네르의 그것보다 훨씬 성숙해 있다. 그것은 벌써 내기와 모험에 한고비를 넘긴 자의 중간보고서와 같다. 다음은 송찬호의 시 「달은 추억의 반죽 덩어리」의 전문이다.

누가 저기다 밥을 쏟아놓았을까 모락모락 밥집 위로 뜨는 희망처럼

늦은 저녁 밥상에 한 그릇씩 달을 띄우고 둘러앉을 때

달을 깨뜨리고 달 속에서 떠오르는 고소하고 노오란 달

달은 바라만 보아도 부풀어 오르는 추억의 반죽 덩어리

우리가 이 지상까지 흘러오기 위하여 얼마나 많은 빛을 잃은 것이냐

먹고 버린 달 껍질이 조각조각 모여 달의 원형으로 회복되기까지

어기여차, 밤을 굴려가는 달빛처럼 빛나는 단단한 근육 덩어리

달은 꽁꽁 뭉친 주먹밥이다 밥집 위에 뜬 희망처럼, 꺼지지 않는

송찬호가 달을 한 그릇의 "밥"이나 "추억의 반죽 덩어리"라고 부른다고 해서, 거기에 달과 관련되어 있는 오랜 시적 정서를 조롱하려는 의도가 들어 있는 것은 전혀 아니다. 이것은 도리어 그 정서의 특별한 성격에 대한 놀라움의 표현이다. 그 정서가 상투적으로 누릴 수 있는 것이기는커녕, "누가 저기다 밥

을 쏟아놓았을까"라고 물어야 할 만큼, 갑작스럽고 기이하게만 얻어지는 것이라고 말하는 것뿐이다.

공사장 밥집 위로 달이 떠오르고 그 밥집 안에서는 노동자들이 저녁 밥상을 받고 둘러앉아 있다. 밥집에서는 연기가 피어오르고 밥그릇에서는 김이 솟아오른다. 밥상 앞에서 마음들은 훈훈하고 풍족하다. 그들의 지붕 위에는 고봉으로 담은 밥 한 그릇이 너그럽게 떠 있고 그들 앞에는 달 하나씩이 소담하게 놓여 있다. 마음은 순결하고 야무졌으며, 따뜻한 웃음, 다정한 얼굴들과 함께 지냈던 날들, 아니 따뜻하고 다정한 세상에서 끝내는 살게 되리라는 희망이 손상되지 않은 채 남아 있었던 날들의 기억이 저 달/밥과 더불어 찾아온다. 달이 불러오고 밥그릇이 "모락모락" 띄워올리는 희망은 오늘의 그것이 아니라 잊힌 날의 그것이다. 그래서 달 뜬 저녁에 "달을 깨뜨리고 달 속에서 떠오르는 고소하고 노오란 달"을, 달 속의 추억을 맞이하는 이 만찬은 잊혔던 복된 날들의 축제를 한순간 복원하는 일이 된다.

축제의 기억이 늘 행복한 것은 아니다. 달 앞에서 추억이 저절로 팽창하여 "반죽 덩어리"로, 다시 말해서 복받치는 방식으로 떠오르는 것은 오늘의 삶이 가져온 슬픔 때문이기도 하겠다. 떠오르는 추억이 크면 클수록 잊힌 세계와 오늘의 거리는 그만큼 멀다. 고된 노역과 견디기 어려운 모욕 아래서, 야멸찼던 순결의 의지는 늘 잊혔거나 보류되었다. 그러다 어느 날, 달 뜬 저녁에 그것은 희망과 상처의 모습을 동시에 지니고 떠오른다. 재능과 활력을 불모의 세월 속에 몰아붙이는 생존은 매일 저녁 그 희망의 추억을 하나씩 떠올려 까먹고 그 껍질을 버린다. 순결은 빛을 잃고 낭비된다.

시간의 먼지 속으로 사라지는 그 순결의 의지란 그러나 애초에 무엇이었을까. 그것은 이 추억과 현실의 거리만큼 삶의 희망과 현실의 삶을 떼어놓는 일이 아니었을까. 갑작스러운 순결의 추억을 굳건한 희망으로 붙잡아두기 위해서는 인간적 결단이 필요하다. 희망은 추억의 형식으로 과거 속에 퇴진해야 할 것이 아니라 미래를 향해 투사되어야 할 것이며, "먹고 버린 달 껍질이 조각조각 모여 달의 원형으로 회복되기까지", 현실의 가장 고달픈 순간에서마다 그 희망이 다시 다져져야 할 것이다. 희망의 원형은 이 눅눅하면서도 날이 서 있는 현실에 무지해서가 아니라 이 현실에도 불구하고 만들어진 것이기 때문이다. "어기여차", 이 원기 돋우는 군호는 한 육체의 생명이 그 노역의 저항을 가늠할 수 있을 때만 뱉을 수 있는 말이 아니겠는가. 이제 빛나는 것은 벌써 현실의 밤을 넘어 미래로 굴러가는 이 노동이다. 희망도 밥먹듯이 날마다 먹어야 할 무엇이다.

순결과 행복의 추억이 항상 현실 속에 다시 솟아올라 노역의 평면에 폭과 깊이를 줄 때 낭비되는 삶이란 없다. 그 삶에게 희망은 소비되는 것이 아니라 채워지고 완성되는 것이라고 송찬호의 시는 말한다. 그것은 시가 지닌 비밀을 말하는 것과 같다. 시는 최초의 무후했던 기억을 현실을 관통하여 미래에 던진다. 그런데 백 년 전에 아폴리네르가 미래에 내기를 걸고 "숨어서" 축지했던 현실의 거리를 송찬호는 "어기여차" 한 걸음씩 걸어서 건넌다. 그때 유럽의 달은 정신병동에 가까이 있었지만 한국의 달은 아직도 이지러지지 않은 심성의 원형으로 나타난다. 아폴리네르에게서는 장난을 통해서만 이성의 조명 아래 머리를 내밀 수 있었던 희망의 상징체계가 현실 속으로 당당히 걸어들어올 수 있는 가능성을 우리는 아직 지니고 있다고 말할 수도 있겠다.

(2017년 『문예중앙』 봄호)

부기 ∴ 젊은 비평가를 위한 잡다한 조언

젊은 비평가를 위한 잡다한 조언

출발

어떤 절차를 거쳐서건 당신이 신인 비평가로 문단에 얼굴을 내밀었을 때, 곧바로 당신에게 청탁이 쏟아져들어오는 것은 아니다. 문단은 아직 당신의 실력을 믿지 못한다. 당신을 보증해 줄 사람이 물론 없는 것은 아니다. 우선 당신을 신인 비평가로 뽑은 심사위원이 있고, 당신을 가르친 스승이 있다. 그들이 문단의 실제적 권력자라면 비평가로서의 당신의 출발이 어느 정도 순조로울 수 있다. 그러나 이 후원자들의 권력이 당신을 위해서만 사용되는 것은 아니다. 권력이 클수록 배려해야 할 곳도 많다. 게다가 당신의 후원자는 또한 당신의 경쟁자이기도 하다. 원칙적인 말이지만, 글 쓰는 사람들은 누구나 동일한 자격으로 문단에서 활동하고 있으며, 저마다 자기 독자들을 지니고 있다. 비평의 독자는 소수인데, 신인인 당신의 독자는 아직 없다. 어떤 후원자도 당신의 독자를 확보해주지는 않으며, 또 그럴 수도 없다. 오히려 비평의 새로운 독자를 창출하여 후원자의 독자를 늘리고 당신의 독자를 확보하는 것은 당신이 져야 할 짐이다. 당신은 벌판에 서 있는 것과 같고 짐은 무겁다.

그렇다고 크게 부담을 느끼거나 불안해할 것은 없다. 당신의 등단작이 비평계의 몇 사람에게라도 깊은 인상을 남겼다면 제법 이름이 알려진 문예지에서 월평이나 단평 같은 작은 글을 우선 부탁해올 것이며, 불운한 경우에도 원고료가 없거나 변변찮은 잡지에서 당신에게 손을 내밀 것이다. 그 손을 뿌리치지 않는 것이 좋다. 무슨 방법을 써서라도 발표할 기회를 얻도록 노력해야 한다. 비록 변두리 잡지의 글이라도 몇 사람은 읽는 사람이 있으며, 비평가로서의 당신의 미래를 결정할 사람들이 그 가운데 들어 있다. 하찮은 청탁이라도 받아들여야 할 뿐만 아니라 글을 쓰는 데 혼신의 힘을 다해야 한다. 그것이 원고료 없는 잡지에 오래 머무르지 않는 비결이다. 그러나 당신이 유명해진 다음에도 그런 잡지를 외면하지는 말아야 한다. 문학판 전체를 살리는 길이 문학을 흥왕하게 하는 일이라는 대의를 위해서도 그렇지만, 자기 자신을 위해서도 그렇다. 어디에나 글을 써야 당신의 문체가 어떤 정황에도 대처할 수 있는 힘을 얻고, 생각의 아량과 금도가 넓어진다. 물론 원고료는 받아야 한다. 노동자로서도, 전문가로서도 그것이 당신의 긍지와 관련된다.

칼

말할 필요도 없는 일이지만, 비평가는 끊임없이 글을 읽는 사람이다. 다양한 지식을 섭취하기 위해서도 글을 읽고, 비평이론을 정립하기 위해서도 글을 읽고, 작품을 보는 안목을 기르기 위해서도 글을 읽는다. 그러나 당신이 쓰게 될 글의 질을 풍부한 지식이나 단단한 이론이 반드시 보장해주는 것은 아니다. 비평의 질을 보장해주는 것은 당신이 지닌 생각의 깊이이며 그것을 표현할 수 있는 문학적 역량이다. 생각을 하기 위해서가 아니라 생각을 하지 않기 위해서 글을 읽는 사람들이 의외로 많다. 비평을 시작할 때마다 무슨 이론을 들이대지 않으면 말문이 터지지 않는 비평가들이 있는데, 그 이론이 대상 작품과도, 그가 쓰는 글과도 따로 노는 것은 이론이 그의 생각을 막아버렸기 때문이다. 부지런해서 이론가가 된 사람도 많지만 게을러서 이론가가 된 사람도 많다는 뜻이다.

비평가는 한번 익혀서 영원히 사용할 수 있는 이론의 함정에 빠지기 쉽다. 그러나 비평할 가치가 있는 작품은 항상 이론의 밖을 노린다. 세상에는 시와 소설이 벌써 많지만 시와 소설이 여전히 생산되는 것은 정치적인 체계건 이론의 체계건 체계 밖으로 우리를 데려가기 위해서다. 반짝이는 무기는 따라서 벌써 낡은 무기다. 가장 훌륭한 무기는 저 자신이다. 서극의 영화 〈칼〉에는 아버지의 원수를 갚기 위해 칼을 구하려 하나 구하지 못하고, 아버지가 죽기 전에 남긴 부러진 칼로 복수를 하는 남매의 이야기가 있다. 저 자신을 칼로 만든 자들은 얼마나 부지런했던가.

무기에 집착하다보면 암기 같은 것을 쓰고 싶은 욕구도 생겨난다. 근래에 일본의 비평에 기대어 한마디하는 비평가들을 종종 보게 된다. 일본은 서구문명을 수용하는 데서도, 삶과 의식을 근대화하는 데서도 우리보다 몇 걸음을 앞섰다. 문학에 이르면 우리 근대문학의 틀 자체가 일본문학의 영향을 깊이 받았다. 일본 비평가들이 자기들의 문학을 거론하기 위해 사용하는 담론이 몇 걸음 뒤에서 우리 문학을 말하는 데도 크게 어긋남이 없을 터이니, 그 개념이나 말투가 축지법 같은 마술적 효과를 거두기도 할 것이다. 일본 책은 알파벳으로 쓰인 서구의 책과 다르다. 서구의 책이 우리에게 오랫동안 일종의 문제집이었다면 일본 책은 그 해답과 같은 것이다. 주간신문 같은 데 나오는 퀴즈에서 하단에 거꾸로 찍혀 있는 해답을 먼저 본 사람은 그 해답보다도 더 좋았을 자신의 답을 만들어낼 기회를 잃는다.

이건 몰랐지 하며 꺼내놓는 물건으로 자신을 성장시킨 사람은 드물다. 비평계의 어느 원로처럼 일본 비평 전체를 꿰뚫어 알고 거기에 우리 문학에 대한 박학한 지식을 더하여 자신의 이론체계를 재구성해내는 경우가 아니라면, 이삭줍기 비평은 잘못 손댄 마약보다 더 위험하다. 마약의 효과가 짧은 것처럼 몇 몇 재기 있어 보이던 비평가의 생명이 짧았던 것은 우리가 이미 보았던 바와 같다. 식민지 근대화를 제 몸으로 실천했다는 기억 밖에 그에게 남은 것은 없을 것이다.

진보는 우리의 원죄를 줄이는 데 있다고 보들레르는 말했다. 우리가 생명이기에, 우리가 인간이기에 저질러야 하는 죄를 늘 의식하고 거기서 한 걸음이라도 벗어나려는 정신의 훈련이 곧 진보라는 뜻으로 이해해도 무방하겠다. 욕망이 없이 생명은 유지되지 않는다. 그러나 욕망의 피안을 상상하지 않는 인간의 삶은 없다. 글을 읽고 글을 쓴다는 것은 윤리와 미학의 이 근거를 한시도 잊지 않을 수 있는 근력을 기르기 위함이다. 당신보다 더 날카로운 칼이 어디 있겠는가.

발자국

작품을 앞에 놓고 비평하려는 당신은 위험한 밀림 앞에 서 있는 것이나 같다. 당신에게는 물론 지도가 있지만, 그것은 밀림에 첫발을 들여놓는 데까지만 소용된다. 맹수들이 어디서 나타날 것인지, 보물이 어디 숨어 있는지 당신은 알지 못한다. 『삼국지』에는 밀림의 정복에 대한 우화가 하나 들어 있다. 역시 제갈량이다. 승상은 남방의 반란을 진압할 때 그 우두머리인 맹획을 일곱 번 잡았다 일곱 번 풀어주었다고 한다. 사람들은 이를 두고 승상이 맹획의 마음을 인으로 공략하여 그를 승복시키고 남방의 안정을 도모하였다고 말한다. 그러나 이 멋진 우화는 다른 어떤 관점보다도 전략의 면에서 이해될 때 높은 사실성을 얻는다. 승상은 맹획을 놓아줄 때마다 그가 달아난 족적을 따라가 그 근거지를 공략하였다. 맹획은 저도 모르게 승상의 첩자가 되어 일곱 번 제 기지를 폭로한 것이다. 맹획은 승상의 지도였다. 당신의 지도가 또한 그와 같을 것이다.

문학의 이론은 대체적으로 모든 작품이 어떻게 서로 같은가를 말한다. 문학의 현장에서 일하는 당신은 한 작품이 다른 작품과 어떻게 다른가를 말해야 한다. 그 일을 위해 가장 많이 협조를 구해야 할 곳은 바로 당신이 읽고 있는 그 작품이다. 작품은 제 출생을 말하고 제 성장을 말하고, 자신이 왜 여기 있으며 왜 여기 있어야 하는가를 말한다. 작품은 저를 폭로한다. 작품은 또한 자신을 감춘다. 제 출생과 성장을 감추고, 제 존재 이유를 감춘다. 당신은 작품의 말을 찬찬히 듣고, 때로는 말이 되는 소리를 해야지 하며 따귀를 갈겨야 한다. 당신은 작품의 마음을, 그 핵심을 공략해야 한다. 다시 말해서 그 독창성을 발견해야 한다. 당신은 작품의 발자국을, 그것이 멈출 때까지, 밟아가야 하며, 멈춘 다음에도 다시 가게 될 방향을 짐작해야 한다.

비평가가 작품의 독창성을 발견했다는 것은 바로 자신의 독창성을 확보했다는 뜻도 된다. 비평가가 모두 거기에 이르는 것은 아니다. 이름이 알려진 비평가는 많아도 그의 글이 기억되는 비평가는 사실 많지 않다. 철철이 평문을 발표하고, 비평집이 벌써 여러 권이며, 연조가 있어 문학상을 타기도 하지만, 그가 무엇을 썼는지 알려면 낡은 잡지를 들춰보거나 비평집을 다시 펼쳐야 하는 비평가는 불행하다. 그러나 저 자신은 그 불행을 모른다. 제 불행을 안다는 것도 어떤 독창성의 결과이기 때문이다. 문체가 독특하거나 참신한 것도 아니고, 새로운 지식을 제공하거나 까다로운 작품을 공들여 읽어낸 것도 아니고, 섬세한 생각을 명확하게 드러낼 유용한 표현법을 선보인 적도 없으며, 새로운 비평 개념을 개발하거나 중요한 의제를 제시한 적도 없는 비평가가 그 이름 밖의 다른 것으로 기억되기는 어렵다. 그는 누구의 발자취를 끝까지 따라가본 적이 없고, 따라서 제 독창성에 이르지 못했으니 그의 발자취가 없고 또한 존재감이 없다. 당신이 말하려는 작품의 독창성은 바로 당신의 독창성이다.

기지

신인 비평가인 당신은 대학원생이거나 대학 강사이기 쉬우며, 어쩌면 젊은 교수일 수도 있다. 당신은 학위를 얻기 위해 한 작가를, 한 장르를, 한 시대를 깊이 연구하거나 연구했을 것이다. 당신은 어떤 작가나 장르의 전공자다. 학위논문이 통과되는 순간 제 전공을 다시 돌아보지 않는 전공자도 없지 않은데, 비평가에게 권할 만한 일이 아니다. 당신의 전공은 당신이 중요하게 여겨야 할 이론과 방법론 등이 문을 열고 들어와 씨앗을 뿌리고 열매를 맺고, 새로운 이론으로 발전하는 자리다. 당신은 그 자리에서 새로운 정보를 만나고 새로운 바람에 눈을 뜬다. 같은 이론이라도 그저 이론일 때와 당신의 전공 작가에 적용될 때는 그 모양새가 다르고 그 깊이가 다르다. 떠도는 이론은 그때 비로소 당신의 이론이 된다. 전공은 당신의 집이자 텃밭이며, 보급기지이자 전진기지이다.

그러나 전공은 당신의 권리가 아니다. 당신은 어떤 사람이 백석에 관해 말하지 못하게 하기 위해 백석을 전공하는 것이 아니라, 오히려 모든 사람이 백석에 관해 말하게 하기 위해 백석을 전공한다. 당신의 전공은 당신의 권리를 주장해야 할 자리가 아니라 당신이 책임져야 할 자리다. 백석이 언제 통영에 가서 무슨 술을 마셨는지, 나타샤는 누구이며 자야와의 인연은 정확하게 어떤 것이었는지, 백석의 북방정서와 그의 현대성은 어떤 관계가 있는지, 북한에서 백석은 무엇을 고민했는지, 누가 잠든 당신을 깨워 물으면 즉석에서 당신은 대답할 수 있을 것이다. 다른 사람의 말을 막기 위해서가 아니라 그 말문을 트기 위해서 대답할 것이다. 백석의 시를 한 편밖에 읽지 않은 어떤 사람이 백석에 대해 당신이 생각지도 못한 말을 하더라도 당신은 화를 내거나 질시하지 않을 것이다. 당신은 그의 말을 확인해 주고, 때로는 확대보충해주기도 할 것이다. 당신의 전공 안에서 당신은 자신감을 가질 수 있기에 명랑하게 열려 있을 것이 분명하다.

당신은 이따금 고증학적 논문과 현장 비평 사이에서 갈등을 겪기도 할 것이며, 자신이 쓰고 있는 비평이 쓰다 만 논문 같다는 자괴감에 빠지기도 할 것이다. 그것은 고증학적 지식이 당신을 얽매고 있기 때문이 아니라 당신이 그 지식을 해방시키지 않았기 때문이다. 해방된 고증학적 지식은 삶과 글이 맺는 신비한 관계에 관해 끊임없이 질문을 제기하고 자주 그 대답을 암시하기도 한다.

실천

작가는 글을 써야 작가다. 단 한 편의 소설밖에 없는 소설가, 등단작밖에 없는 시인이 그 이름을 팔고 산다는 것은 얼마나 면구스러운 일인가. 비평가인 당신은 지금 글을 쓰거나 준비하고 있어야 한다. 그러나 현재의 문단 풍토에서 비평가의 글쓰기는 좀 특별한 데가 있다. 주지하다시피, 문학 활동의 큰 부분은 문학잡지를 중심으로 전개된다. 잡지의 편집자들이 시인이니 소설가에게 시나 소설을 요구할 때 무슨 특집 같은 것을 꾸미지 않는다면 주제를 제한하여 청탁하지는 않는다. 시인이나 소설가는 마감에 맞추어 서둘러 시 몇 편이나 단편소설 하나를 꾸릴 수도 있고, 서랍 속에 묵혀두었던 원고를 내줄 수도 있다. 그러나 신인 비평가인 당신이 써야 할 글의 주제는 잡지사의 편집자들이 결정한다. 그 주제의 글을 당신이 이미 써놓았을 경우는 매우 드물다. 계간지라면 두 달 안에, 월간지라면 두 주일 안에, 당신은 그 글을 준비하고 써야 한다. 물론 편집자들은 당신이 그 주제의 글을 쓸 수 있다고 믿었기에 청탁을 한 것이고 당신은 당신의 능력으로 그 글을 쓸 만하다고 생각했기에 그 청탁을 받아들인 것이다. 막연하나마 당신은 그 주제를 생각해왔다. 그러나 막연한 생각들이 곧바로 구체적인 글이 되는 것은 아니어서, 당신은 초조하게 글을 쓸 것이며, 늘 미흡하다고 생각하며 원고를 넘길 것이다. 당신은 그렇게 비평가로 성장한다. 당신이 초조하게 견뎌내야 할 그 시간을 당신은 정신이 집중되는 시간이라고 생각해야 한다. 그 집중의 시간이 남겨준 힘으로 새롭거나 낡은 의제들을 늘 다시 점검하여 편집자들의 문제의식을 앞지를 수 있다면 당신은 벌써 훌륭한 비평가가 된 것이다.

그러나 당신에게 지속적으로 몰두하는 주제가 있을 때만 다른 주제들에 대해서도 창의적인 생각을 얻어낼 수 있다. 외따로 떨어져 있는 주제는 없다. 당신이 한 주제에 몰두하고 있을 때, 문득 다른 주제의 글을 쓰고 싶은 것은 그 때문이다. 쓰던 글을 끝까지 쓰는 게 좋겠다. 쓰던 글을 중단하고 쓰고 싶은 다른 주제의 글을 쓰는 대신 그 새로운 주제를 쓰던 글에 포함시킬 수 있다면 당신은 한 영역을 개척하는 것이나 같다. 중요한 것은 글을 써야 한다는 것이고, 늘 정신을 집중하고 있어야 한다는 것이다.

대면

당신은 이윽고 심사위원이 될 것이다. 아마도 신인선발 공모나 각종 문학상의 예심위원으로부터 시작할 것이다. 작품의 심사는 많은 시간을 소모해야 하는 작업이고, 특히 신인선발의 예비심사는 거의 막노동이나 같은 고역이다. 그러나 영예로운 일이고, 잘 이용하면 배울 것도 많은 작업이다. 자신의 생각이나 주장이 작은 범위에서나마 문단에 직접적이고 구체적인 영향을 행사하고 있음을 실감하게 되고, 거기서 비롯된 작은 권력에 대한 기쁨도 없지 않다. 자신이 등단하게 된 과정을 되짚어볼 수도 있으며, 장래에 자신이 받게 될 문학상의 행방을 점쳐볼 수도 있다.

당신은 공정하려고 애쓸 것이 틀림없다. 공정하지 못한 심사는 능력 있는 신인의 등단을 가로막거나 지체시킬 것이며, 문학상의 근본 취지를 파괴할 것이다. 그러나 당신이 공정하지 못한 심사위원이라면 당신 자신이 받게 될 피해도 작은 것이 아니다. 당신의 잘못된 선발은 당신의 미래의 지지자, 그것도 매우 유능한 지지자를 잃게 할 것이다. 당신이 공정하지 못한 태도를 보일 때, 미래에 문단의 유력자가 될 다른 심사위원들은 당신의 실력을 의심할 것이며, 끝내는 당신을 경멸할 것이다. 그 점에서 심사위원인 당신은 그 심사를 통해 심사를 받는 사람이기도 하다.

공정한 심사위원인 당신은 당신이 지지하는 사람을 위해 다른 심사위원들을 설득하려고 노력할 것이다. 그러기 위해서는 작품을 세심하게 읽을 필요가 있다. 아는 것이 힘이라는 말이 이 경우처럼 절실할 때가 없다. 물론 다른 심사위원들도 당신을 설득하려 들 것이다. 지루한 논쟁이 계속될 수 있다. 그러나 당신은 설득되지 않으려고 애쓰기보다는 그 지루한 논쟁을 공부의 기회로 삼으려고 애쓰는 편이 더 낫다. 붓을 통한 설득과 입을 통한 설득이 어떻게 다른지, 긴 글로 써야 할 내용을 어떻게 짧은 말로 바꾸어야 할지, 같은 일을 하는 상대방의 고뇌는 무엇인지, 당신의 관점과 상대방의 관점으로 또하나의 관점을 도출할 수는 없는지, 균형과 안정과 모험이란 각기 무엇인지, 당신은 실로 많은 것을 공부할 수 있다. 당신은 지금 진정한 의미에서의 현장에 있다. 당신은 지금 문학을 맨얼굴로 대면하고 있다. 그 얼굴에 깊이를 만드는 것은 바로 당신이다.

본심이건 예심이건 심사 자체가 영예롭지 못할 때도 있다. 선발할 신인이나 상 받을 사람이 미리 정해져 있는 판에 당신이 들러리를 서야 한다면 난감한 일이다. 심사 도중에 그 음모를 깨달았다고 하더라도 손을 털고 일어서기는 어렵다. 처음부터 그런 판에 불려다니지 않도록 조심하는 것이 상책이다. 들러리 서기도 버릇이 된다.

버릇을 말하고 보니 한 가지 더 이야기하고 싶은 것이 있다. 문단의 유력자가 자신의 제자들에게 어떤 책을 편집하게 하고 자신의 이름으로 출판할 때, 잘나가는 당신의 이름을 끼워넣고 싶어할 수도 있다. 당신이 벌써 유명 대학의 교수라면 그런 일은 더 자주 일어난다. 그 책은 물론 당신의 작은 업적이 된다. 그렇다고 그 미끼를 덥석 물어서는 안 된다. 당신의 이름 뒤에서 이를 가는 사람이 있다. 그렇지 않더라도, 자신이 한 일에만 이름을 붙이고, 이름을 붙일 수 있는 일만 할 수 있다는 것이 글 쓰는 사람의 긍지다. 헛된 이름 붙이기는 단 한 번으로도 버릇이 된다.

발굴

비평가로서 당신의 존재감은 자주 훌륭한 신인을 발굴하거나 아직 빛 보지 못한 작품들의 가치를 발견해낼 때 높아진다.

이미 명성을 얻은 작가들을 대상으로 이미 다른 사람들이 했던 말들을 이리저리 꿰맞춰 늘어놓거나 벌써 널리 알려진 작품들에 관해 벌써 널리 알려진 말을 수집하는 비평가는 틀린 말을 했다고 비난받을 염려가 없을뿐더러, 절승에 핀 꽃이 더 아름다워 보이는 것처럼 덩달아 자신의 명성도 높아진 것처럼 착각하기 쉽다. 그러나 남이 농사지어 추수를 끝낸 밭에 가서 이삭 줍는 일이야 누가 못 하겠는가. 그가 한 일은 사실 아무것도 없다.

여러 해 전에, 출세가도를 달리던 어느 큐레이터가 가짜 학력이 들통나 여론의 몰매를 맞은 적이 있다. 그 무렵 나는 한 전시회에서 화가인 것이 분명한 몇 사람이 주고받는 이야기를 엿들었다. 그 큐레이터를 두고 한 화가가 학위는 가짜라도 실력만 괜찮으면 되지 않느냐고 말했다. 앳된 얼굴의 화가가 대답했다. "젊은 화가들에게 전시 공간을 마련해준 적도 없고, 무명의 화가들이 도록을 가져가도 거들떠보지도 않았으니 그 사람의 실력을 알 길이 없었지요."

비평가가 아직 평가를 받지 못한 작가에 대해 언급하려면 여러 가지 위험이 뒤따른다. 그러나 문학은 처음부터 끝까지 모험이다. 시인이나 소설가가 백지 앞에 앉아 있을 때, 그가 쓰려는 한 낱말, 한 문장이 다른 낱말, 다른 문장보다 더 낫다고 말해주는 확실한 지표는 아무것도 없다. 한 낱말이 모험이고, 한 문장이 모험이다. 소설가와 시인이 모험할 때 당신도 모험하지 않을 수 없다. 모험이었던 것이 이미 모험이 아닌 것이 되었을 때만 당신이 말을 하려 한다면, 당신은 아무 말도 하지 않으려 하는 것이나 같다. 모험하지 않는 당신의 말에 새로운 말이 있을 수 없다. 위험을 무릅쓰지 않는 비평가는 몇 개의 빈약한 개념을 전가의 보도처럼 휘두르며, 그러나 눈치보며 휘두르며, 평생을 산다. 새로운 재능을 발굴한다는 것은 바로 당신 자신을 발굴하는 것이다.

우울증

누구나 알다시피 비평은 해석과 비판으로 이루어진다. 해석이 작품에 대한 이해를 꾀하는 일이라면 비판은 그 한계를 지적하는 일이다. 작품의 해석은 비평가 저 자신과의 싸움이고 비판은 세상과의 싸움이라고 여기는 사람들이 있는데, 옳지 않다. 해석은 오직 비평가의 역량이 문제되는 반면 비판은 그것이 지닐 수밖에 없는 부정적인 성격으로 여러 가지 갈등을 불러올 수 있기에 그렇게 말하는 것이겠지만, 비평의 그 두 기능이 그렇게 확연히 분리되는 것은 물론 아니다. 해석을 통해서도 비판은 충분히 가능하며, 비판은 해석의 가장 좋은 방법이 되기도 한다. 어떤 사람이 기차를 타고 대전까지 갔을 때, 해석자는 그가 목포까지 가려 했던 최초의 의도를 알아낼 수 있다. 그가 목포까지 가려다 대전까지밖에 가지 못했다고 말하는 것은 분명한 한계의 지적이지만, 그가 목포까지 가려 했기에 대전까지 갈 수 있었다고 말하는 것은 비판으로 해석의 깊이를 더하는 일이며, 대전까지 갈 수 있었던 그 능력을 들어올리는 일이다. 목포에 가야 할 사람이 대구에 가 있는 경우도 있다. 그를 두고, 대구에서 사과밭이나 구경하고 있었다고 말할 수도 있고, 화가 복이 되어 그가 사과밭을 볼 수 있었다고 말할 수도 있다. 물론 그가 본 사과밭이 훌륭할 때의 이야기다. 이것은 말의 기교가 아니다. 제가 서 있는 땅을 삶의 중심으로 여기느냐 아니냐의 문제일 뿐이다.

우울증 환자는 어디서나 패배를 본다. 이 패배의식이 어떤 종류의 순결성에 그 밑거름으로 기능할 수도 있다. 그래서 우울증 환자는 좋은 소설가가 될 수도 있고 좋은 시인이 될 수도 있다. 그러나 우울증으로 좋은 비평가가 되기는 어렵다. 비평가는 자기 앞의 텍스트를 가능한 한 최대한으로 이용할 수 있는 길을 발견하려는 사람이다. 당신이 읽는 모든 것이 쓸모없어 보인다면 그것은 당신이 엄격하기 때문이 아니라 나태하기 때문이며, 당신이 상상했던 것과 세상이 다르다고 떼를 쓰는 식의 유아적 분노에 사로잡혀 있기 때문이다. 실패에 대한 두려움과 확신 없는 글쓰기에 대한 자신의 불안을 자신이 이야기하려는 작가의 책임으로 돌리고, 동료들이 성공하는 원인을 세상의 몰이해에서 찾는다면 당신은 길을 잘못 든 것이다. 책을 몇만 부 팔기 위해 이런 글을 쓰고 있다느니, 지원금을 받기 위해 시를 억지로 짜내고 있다느니, 이런 따위의 인신공격으로 비평의 길을 갈 수는 없다.

시인과 소설가는 외롭게 자기 길을 모색한다. 비평가인 당신은 여러 길에서 그들과 더불어 한 시대의 길을 모색한다. 그 길이 덜 외로운 것은 아니지만, 당신의 우정을 당신의 독창성으로 삼을 수는 있다. 현장의 사상가는 늘 명랑하다.

사형들

한 비평가가 문예지의 편집위원이 된다는 것은 그에게 여러 가지로 이로운 일이다. 그는 자신의 원고를 받아줄 잡지사나 출판사를 찾아헤매지 않아도 된다. 그는 잡지의 편집에 자신의 의견을 반영하여 작가들의 활동에 영향을 주고, 일정한 의제를 개발하여 어느 정도는 문단을 이끌 수도 있다. 그에게는 작가를 추천하거나 신인을 선발할 수 있는 기회도 자주 주어진다. 그는 문단의 최근 흐름과 관련된 크고 작은 내고를 써야 할 터이니 문단의 지형도를 용이하게 익히게 되며, 수많은 기고를 읽어야 할 터이니 작가들이 천착하는 주제와 그 활동의 우열을 가장 먼저 파악하는 사람의 하나가 된다. 잡지의 편집 방향을 모색하면서 당대의 문학이 직면한 온갖 문제를 구체적으로 고뇌하게 되는 것은 그에게 거의 권리에 가까운 숙제다. 그에게 능력만 있다면, 아니 잡지가 부여해주는 능력으로, 그는 자기 주변에 한 유파를 형성할 수도 있다. 그는 유능해질 기회가 많다. 유능한 비평가가 종종 유능한 편집자였던 것은 우연이 아니다.

그러나 이런 이점이 그를 부지런하면서 동시에 게으른 사람으로 만들기 쉽다. 늘 무엇을 하고 있다는 것이 늘 일을 하는 것은 아니다. 권력이 그의 감식안을 흐리게 하여 좋은 작가와 나쁜 작가를 가려내는 것이 아니라 결정해버리는 사람이 되게 할 수 있다. 그는 계절마다 특집을 꾸리는 데 참여하지만, 계절마다 문학의 상황이 바뀌는 것은 아니다. 그의 문제의식은 허위의식이 될 수도 있다. 청탁하여 받은 원고가 늘 훌륭한 것은 아니지만, 잡지를 꾸려내기에 성공했다는 만족감이 문단의 성과를 그 원고의 수준에서 판단해버린 나머지 스스로 정체될 위험도 없지 않다. 글을 발표할 자리가 항상 마련되어 있다는 것도 반드시 좋은 결과를 가져오지는 않는다. 편집위원은 잡지의 성공을 위해 모험하는 작가를 선호할 수는 있겠지만 그 자신이 모험하는 비평가가 되기는 어렵다. 그는 책임자이기 때문이다.

그는 마침내 무협지에서 보게 되는 주인공의 사형들처럼 되어버릴 위험이 있다. 시기심 많은 사형들도 있지만 실은 좋은 사형들이 더 많다. 그러나 어느 무협지에서건 어느 문파에서건 사형들은 모두 비슷하다. 성격이 비슷하고 하는 일이 비슷하고, 끝내는 그 운명이 비슷하다. 그들은 평범하다. 문단의 사형들은 늘 글을 쓰며 그 이름이 늘 드러나 있지만, 그들이 쓴 글이 오래도록 알려진 경우는 한 손의 손가락으로 셀 수 없을 정도는 아니다. 모든 편집위원이 다 사형들이 된다는 말은 아니다. 어쩔 수 없이 해야 할 일이 많으면 직책에 기대기 쉽고, 기회가 많으면 이용하기 어렵다는 뜻이다.

속옷

평문을 쓰다보면 시나 소설을 쓰고 싶어질 때가 있다. 당신은 글을 잘 쓰고 시나 소설에 대한 지식으로 말하면 당신을 따를 자가 드물다. 어쩌면 당신은 비평가가 되기 전에 다른 글을 썼을 수도 있고, 고등학교 시절 백일장에서 장원을 했을 수도 있다. 당신의 컴퓨터에는 시집 한 권 분량의 시나 소설집 한 권 분량의 소설이 들어 있을 가능성도 많다. 언젠가 비평가 서영채 씨가 사석에서 비평가를 세 종류로 재치 있게 구분하는 것을 들은 적이 있다. 시인 비평가와 소설가 비평가, 그리고 비평가 비평가가 있다는 것이다. 시나 소설을 꿈꾸다가 비평가가 된 것이 앞의 두 종류라면, 비평가 비평가는 어쩌다 비평가가 된 사람을 말한다. 처음부터 비평가를 꿈꾸었던 비평가는 없을 것 같기 때문이다. 이런 분류로 비평가의 우열을 가릴 수는 물론 없고, 훌륭한 비평가 중에 처음부터 비평가가 되려 했던 사람이 없는 것도 아니다. 그러나 시나 소설에 대한 당신의 꿈은 당신이 비평하려는 작품과의 심리적 동화를 원활하게 해줄 것이 틀림없다. 그렇더라도 그 꿈을 실현하고 싶을 때는 신중하게 생각하는 것이 좋다. 당신의 재주가 아무리 뛰어나다고 해도, 이를 악물고 쓴 것은 아닐 당신의 작품이 산전수전을 다 겪은 시인이나 소설가들의 작품과 같은 자리에서 겨루기는 어렵다. 게다가 이미 문인으로 이름이 알려진 당신은 다른 신인들처럼 장래성으로 평가를 받을 수는 없다. 신중해야 할 이유가 그것만은 아니다.

이제는 저세상 사람이 된 이청준 선생은 자신의 소설쓰기를 일러 "젖은 속옷 제 몸 말리기"라고 말한 적이 있다. 멀쩡한 겉옷 안에 젖은 속옷을 입고 그것을 제 몸의 온기로 말리는 일은 얼마나 고통스러운가. 인간에게는 누구에게나 젖은 속옷이 있지만 그것을 겉에 드러낼 수는 없다. 시인이나 소설가가 그 속옷을 보란 듯이 전시하는 것은 아니라 하더라도, 적어도 그 속옷을 말리는 고통만은 낱낱이 말한다. 그러다보면 결국 부끄러운 속옷이 드러난다. 작가의 여러 재능 가운데 가장 특별한 재능은 고백할 수 없는 것을 고백하는 재능이다. 세상과 그 역사에 대한 아무리 방대한 식견도, 인간과 그 구원에 대한 아무리 깊은 철리도, 이 고백의 재능이 없이는, 적어도 문학에서는, 그

저 식견이고 철리일 뿐이다. 플로베르는 마담 보바리이자 부바르와 페퀴셰였으며, 도스토옙스키는 라스콜니코프였고 친부살해범 카라마조프였다. 우리의 문화 풍토에서 그 재능은 비평가인 당신에게 금지된 것이나 같다. 연기를 잘하던 배우가 무슨 교수의 직함을 얻고부터는 쓰던 인상이 안 써진다는 말도 있다. 당신에게 참고가 될 만한 이야기다.

당신은 고백할 것이 많다. 앞에서 넌지시 말했던 것처럼 그것이 당신을 글 쓰는 사람으로 만들기도 했다. 당신은 지극히 어두운 고백을 누구보다도 잘 이해한다. 작가들은 훌륭한 독자인 당신이 있기에 고백할 수 없는 것을 고백한다고 말할 수도 있다. 당신은 좋은 귀로 그 고백을 듣고 깊은 목소리로 그 고백의 진실을 끌어안는다. 당신은 벌써 당신의 깊은 속내를 고백한 것이나 같다.

하지만 신중해야 할 이런 이유들을 익히 알고도, 당신이 이를 악물고 시나 소설을 쓰겠다고 나서면, 당신의 성공을 빌 수밖에 없다. 사실은 보들레르도 비평으로부터 시작했다. 그는 자기 시대 작가들을 하나하나 점검함으로써 자신의 주제를 결정하고 그 실현 방법을 터득할 수 있었다. 그러나 보들레르는 장르의 구분은 지금보다 더 엄격하면서도 장르를 넘나드는 상상력은 지금보다 덜 분화된 시대에 살았다. 그가 젊은 시절을 보헤미안으로 살았다는 점도 당신에게 참고가 될 만하다.

사치

당신은 재주가 많은 사람이다. 당신이 책 속에 고개를 박고 있지 않았더라면 작곡가가 될 수도 있었고 화가로 명성을 날릴 수도 있었다. 당신은 배우나 연출가가 되었을지도 모른다. 연극을 하다 글을 쓴 작가도 있고, 영화감독으로 길을 바꾼 소설가도 있다. 화가가 되려다 글을 쓴 사람은 그보다 더 많다.

당신이 노래를 잘 불렀으면 좋겠다. 노래를 잘 부르는 당신의 재능은 글 쓰는 사람들 전체의 재능이기도 하다. 노래는 당신과 당신의 글을 해방시키면서 왜 문학 같은 것을 하는지 문득 알게도 해줄 것이다. 노래는 당신의 글이기도 하다. 김정환 시인은 그저 전원시일 뿐인 전원시를 끔찍이도 싫어하지만, 그가 취흥이 도도할 때 자주 꺼내드는 레퍼토리 가운데 하나는 〈고향의 노래〉다. "아 이제는 한적한 빈 들에 서보라. 고향 집 눈 속에선 꽃등불이 타겠네." 그가 이렇게 노래 부르고 있으면, 그의 읽기 어려운 시 속에 깊이 감추어진 서정성을 새삼스럽게 상기하게 된다.

당신이 그림을 잘 그렸으면 좋겠다. 잘 그린 그림은 당신의 타고난 재능을 증명한다. 당신이 글을 쓰면서 작지 않은 실수를 저질러도 당신이 그림만 잘 그린다면 당신의 재주를 의심할 사람이 없다. 당신이 저세상의 김영태 선생이나 음반을 내기도 한 이제하 선생처럼 작가들의 캐리커처를 그려준다면, 시인과 소설가들은 당신의 그림 속에서 자신의 글을 읽고 당신에게 각별한 존경을 바칠 것이다.

그러나 무엇보다도 당신이 글씨를 잘 썼으면 좋겠다. 이제는 원고지에 펜으로 글을 쓰는 사람이 많지 않다. 거의 모든 사람이 디지털기기에 의지해 글을 쓰게 된 것은 잘된 일이기도 하고 애석한 일이기도 하다. 오래전에 작가들의 육필전이 열린다기에 가보았더니 글씨를 못 쓰게 된 역사 전시장과 같았다. 작고한 작가들은 글씨를 잘 썼고, 생존 작가들은 서툴렀다. 원로 문인들의 글씨는 아름답고, 젊은 작가들의 글씨는 글씨라고 말하기도 민망했다. 잘 쓴 글씨는 몸의 감각과 일체를 이룬 숙련된 지식을 느끼게 하고, 쓰는 사람의 상상력에 리듬을 만든다. 서예가들처럼 잘 쓸 필요는 없다. 누가 글씨를 잘 쓴다고 말하면, 내가 글씨를 잘 쓴다고요, 이렇게 물으며 믿지 않을 것처럼 잘 쓰는 글씨는 몸의 감각과 일체를 이룬 깊은 지식을 느끼게 하고, 쓰는 사람과 읽는 사람의 상상력에도 박자를 만든다.

당신은 노래를 잘 부르지 못하고, 그림을 잘 그리지 못해도 괜찮다. 글 쓰는 동료가 노래를 잘 부르면 눈을 동그랗게 뜨고 들을 줄 알고, 동료가 보내준 책의 아름다운 서명을 오랫동안 바라볼 줄만 알면 당신이 '그냥 비평가'가 아닌 것을 사람들이 알게 된다. '그냥'이 아닌 것이 바로 글 쓰는 사람의 사치이며, 그것이 저 보이지 않는 삶을 이 보이는 삶 속으로 끌어당긴다.

온갖 재능의 사치는 생명의 행복을 증명하지만, 제 재능이나 남의 재능이나 재능이 거기 있음을 보고 행복할 줄 아는 능력은 생명의 위엄을 증명한다. 비평가인 당신은 그 위엄을 자신의 직능으로 삼는 사람이다. 이 직능은 인간이 만들어지기도 전부터 있었다. 기독교인들의 말에 따르면 신은 세상을 만들고 나서 보기에 참 좋다고 평가했다.

(2014년 『21세기문학』 봄호)

황현산의 현대시 산고

초판 1쇄 발행 2020년 9월 28일
초판 3쇄 발행 2023년 8월 31일

지은이 황현산
펴낸이 김민정
책임편집 김동휘 | 편집 유성원 송원경
표지 디자인 한혜진
본문 디자인 유현아
저작권 박지영 형소진 최은진 서연주 오서영
마케팅 정민호 박치우 한민아 이민경 박진희 정경주 정유선 김수인
브랜딩 함유지 함근아 박민재 김희숙 고보미 정승민 배진성
제작 강신은 김동욱 이순호 | 제작처 영신사

펴낸곳 난다
출판등록 2016년 8월 25일 제406-2016-000108호
주소 10881 경기도 파주시 회동길 210
전자우편 nandatoogo@gmail.com
페이스북 @nandaisart | 인스타그램 @nandaisart
문의전화 031-955-8875(편집) 031-955-2689(마케팅) 031-955-8855(팩스)

ISBN 979-11-88862-80-1 03810

○ 난다는 (주)문학동네의 계열사입니다.
○ 잘못된 책은 구입하신 서점에서 교환해드립니다.
기타 교환 문의 031) 955-2661, 3580